Der Prinz und die Influencerin

Mahyar Azarmipour

Mahyar Azarmipour

Der Prinz und die Influencerin

Das Schicksal der Blume

Bibliografische Information der Deutschen Nationalbibliothek:
Die Deutsche Nationalbibliothek verzeichnet diese Publikation in der Deutschen Nationalbibliografie; detaillierte bibliografische Daten sind im Internet über http://dnb.dnb.de abrufbar.

Lektorat: Melina Coniglio und Daniel Jakob
Illustratorin: Lea Göx

Herstellung und Verlag: BoD – Books on Demand, Norderstedt

ISBN: 9783754339077

Inhaltsverzeichnis

1 Die Geschichte des kleinen Prinzen

Der kleine Prinz haben wohl viele von uns bereits gelesen (*Le Petit Prince*, Antoine de Saint-Exupéry). Falls du dieses Buch jedoch noch nicht kennst, ist jetzt der richtige Zeitpunkt. Es ist das Lieblingsbuch vieler Menschen mit unterschiedlichen Vorlieben – egal, ob Student, Busfahrer, Ingenieur, Verkäufer, Arzt, Bankkaufmann, und egal, in welchem Alter.

Ich habe schon oft Passagiere in den öffentlichen Verkehrsmitteln gesehen, die das Buch in ihren Händen gehalten und gespannt gelesen haben. Bestimmt haben sie sich gefragt, ob das verdammte Schaf die Blume gefressen hat oder nicht. Das Buch lässt die Leser fragend zurück: Was könnte mit dem Schaf und der Blume passiert sein? So unglaublich, wie es klingt, wird das auf einmal zur wichtigsten Frage unseres Lebens. Ich persönlich habe vorher nie gedacht, dass ich einen Moment lang alles Bedeutende in meinem Leben für einen derart absurden Gedanken vergessen würde: Hat das Schaf die Blume gefressen oder nicht? Zumal dies etwas ist, das vielleicht tausendmal am Tag passiert.

Ich bin mir sicher, dass dies auch für euch ein großes Rätsel gewesen ist. Was ich nicht weiß, ist, wie lange ihr euch mit dieser Frage beschäftigt habt. Vielleicht haben sie einige von euch auch nach ein paar Tagen vergessen und sich wieder mit den wichtigen Dingen im Leben beschäftigt. Soll ich studieren oder eine Ausbildung machen? Welche Eigenschaften muss mein Ehepartner / meine Ehepartnerin haben? Existiert ein Gott?

Mich hingegen hat diese Frage sehr lange festgehalten. So lange, dass es meine Lebensrichtung komplett verändert hat. Ich musste immer daran denken – auf der Arbeit, beim Essen, beim Kochen, beim Fernsehen. Was ist mit der Blume passiert? Und was ist mit dem kleinen Prinzen geschehen Hat die Schlange ihn gebissen? Hat er es überhaupt geschafft zurückzufliegen? Wie lange hat er für den Rückflug gebraucht?

In jedem Gespräch mit Kollegen und Freunden habe ich versucht den Ball irgendwie in ihr Feld zu werfen, damit ich nichts sagen oder erzählen muss. Stattdessen kann ich meinem Gesprächspartner in die Augen schauen und so als guter Zuhörer agieren. Zuhören ist doch kinderleicht, wenn man nur so tut, als ob man zuhöre, aber im Endeffekt kein Wort mitbekommt. Auf diese Weise konnte ich in Ruhe weiter daran denken, was mit der Blume passiert sein könnte, während ich meinem Gesprächspartner immer nur freundlich zunickte. Für so eine Unterhaltung braucht man lediglich drei Wörter: „Ja!", „Genau!" und „Stimmt!". Schlimm war es nur, wenn mein Gegenüber mich auf einmal nach meiner Meinung fragte. Da dachte ich mir sofort: *Ach, erwischt.*

Die Frage beschäftigte mich schließlich so sehr, dass meine Karriere und mein Zusammenleben mit anderen Menschen fast zerstört worden wäre. Mit der Zeit verlor ich alle Menschen in meinem Freundeskreis. Keiner wollte mehr etwas mit mir unternehmen. Alle betrachteten mich als einen langweiligen Menschen, der nur die Wände anstarrt und sich in Fantasien verliert. So vergingen die Tage, bis ich mich dazu entschied, eine Weile alles stehen zu lassen und in den Urlaub zu fahren. Ich habe mir versprochen in diesem Urlaub alles zu verarbeiten und mir über einiges klar zu werden. Wenn ich wieder zurück wäre, würde ich mich wie alle anderen Menschen auf die wesentlichen Punkte im Leben konzentrieren und nie wieder an den kleinen Prinzen und die Blume denken. Eines Tages habe ich also meine Sachen in mein Auto gepackt und mich auf den Weg nach Südtirol gemacht, wo ich meinen dreiwöchigen Urlaub verbringen wollte.

2 Reisebegegnungen

Auf dem Weg nach Südtirol machte ich einen kurzen Halt in Frankfurt bei einem leicht heruntergekommenen Restaurant, um etwas zu essen. Ich hatte fast die Hälfte der Strecke hinter mich gebracht. Das Restaurant war klein und ausgestattet mit rechteckigen braunen Tischen. Das Personal gab sich keine Mühe, das schmutzige Geschirr der vorherigen Gäste abzuräumen. Man musste es selbst wegschieben, um für sich etwas Platz zu schaffen. Ich holte mir eine Currywurst von der Theke und setzte mich irgendwo hin und genoss mein Essen.

Der Inhaber des Restaurants stand an der Kasse. Ein dicker, bärtiger Mann, der sich sehr für Nachrichten zu interessieren schien. Er starrte seinen alten Fernseher an, in dem über die Probleme zwischen den USA und dem Iran (und über den Einfluss dieser Probleme auf den Ölpreis) berichtet wurde. Neben mir saßen zwei ältere Männer, die intensive Gespräche über die aktuelle politische Lage in der Welt und über die Zukunft führten.

Ich verbrachte meine Tage normalerweise entweder auf der Arbeit oder zu Hause. Ich war kein Mensch, der viel rausging. Es war jedoch interessant zu sehen, woran die anderen Menschen dachten und worüber sie sich sorgten. Nun kamen zwei junge Frauen rein. Beide sehr schlank, in Sportleggings und Trainingsjacke gekleidet, mit frischen und geschminkten Gesichtern. Anscheinend wollten sie die verlorenen Kalorien mit Currywurst ersetzen, aber bestimmt erst, nachdem sie ein Bild ins Netz hochgeladen hätten! Möglicherweise mit dem Hashtag *cheatday*.

»Übrigens, ich habe mich gefragt, was dein letztes Hashtag bedeutet.?«, fragte eins der Mädchen.

»Welches denn?«, fragte das andere.

»›Wir bieten Gänsehaut statt Orangenhaut‹«

»Ist eine Werbung für Cellulite-Entferner. Soll so gut funktionieren, dass man Gänsehaut bekommt!«

»Hast du es selber ausprobiert?«

»Ja klar, während der Werbung!«

Es kamen drei Jungen rein. Diese unterhielten sich über ein paar Freundinnen, die Schmink-Tutorials auf verschiedene Video-Plattformen hochluden. Nach langem Rechnen stellten die Jungs fest, dass die Mädchen fast das Doppelte verdienten als sie und sie dafür nur vor ihrer Handykamera sitzen und Pinsel sowie Pulver auf ihr Gesicht reiben mussten.

Ich hörte zufällig, dass eins dieser Mädchen Julia hieß. Sie war anscheinend sehr bekannt in der Welt der Influencerinnen und hatte sogar eigene Kosmetikprodukte rausgebracht. Das ganze Gerede über Produktplatzierungen und was Menschen durch die Apps verdienen könnten, brachte mich auf die Idee, die App herunterzuladen und mal zu schauen, was da vor sich ging. An dieser Stelle musste ich mich wieder auf den Weg machen.

Unterwegs ist nichts Besonderes passiert. Es war eine normale Fahrt wie sonst auch – Autos, die plötzlich die Spur wechselten, abrupt bremsten oder, ohne den Blinker zu setzen, von der dritten Spur zur ersten wechselten, um eine Ausfahrt zu nehmen. Gegen zwanzig Uhr kam ich am Hotel an. Es lag direkt am Strand. Den dreiwöchigen Urlaub hatte ich mir bewusst zum Ende der Schulferien genommen, um wenige Touristen um mich herum zu haben. So war das Erste, was ich sah, eine Reihe von Taxis, die Touristen zum

Flughafen oder Bahnhof fuhren. Viele Gäste standen mit ihrem Gepäck im Wartebereich und wollten auschecken.

Ich stellte mich an das Ende der Schlange. Dort erblickte ich erneut durchtrainierte junge Frauen mit Handys in ihren Händen, die damit beschäftigt waren, Storys zu posten.

»Hallo, meine Lieben. Wir warten immer noch in der Schlange. Alle wollen jetzt zurückfahren. Das wird eine sehr schöne Zeit in Südtirol. Wir werden euch auch dran teilhaben lassen!«

Ein andere trillerte: »Hallo, meine Lieben. Ich warte immer noch mit meinen Mädels«, und drehte dabei die Kamera, um alle Mädchen zu zeigen. Sie schauten in die Linse und winkten.

Auf diese Art verging die Zeit in der Warteschlange, bis ein Mädchen anfing wieder über die besagte Julia zu sprechen. Dies erinnerte mich an die Gespräche im Restaurant in Frankfurt. Das war die perfekte Zeit, mein Handy zu zücken und, statt nur herumzustehen, die App herunterzuladen. Anschließend habe ich mir ein unscheinbares Profil erstellt. Zunächst wollte ich kein Bild hochladen, doch die endlose Warterei stimmte mich um. Aus Langeweile machte ich einfach in der Schlange ein Selfie. Das Ganze hat keine drei Minuten gedauert. Jetzt musste ich nur noch Julia finden.

Ich entdeckte in der App eine Lupe. Die sollte bestimmt eine Suchfunktion darstellen. Ich klickte auf das Symbol und tippte ihren Namen ein. Die Suche ergab sechs Profile mit Bildern derselben Person. Es waren ein paar Fanpages, unter ihnen gab es jedoch auch ein Profil mit einem blauen Häkchen neben dem Namen. Ich wusste damals nicht, was dieses Häkchen bedeutet, dennoch habe ich es instinktiv ausgewählt.

Sofort wurde ich mit einem Haufen Bilder und Videos konfrontiert. Es waren Fotos von Kosmetikprodukten sowie verschiedenen Gemüse- und Pflanzenarten – alles Schönheitsgeheimnisse von Julia. Es gab viele Video-Tutorials, in welchen sie den Zuschauern zeigte, wie sie sich schminken und mit Thera-Bändern Sport treiben können. Zudem präsentierte sie ihr tägliches Essen – Pulver, Salat und Blaubeeren. Wenn sich darunter mal etwas Normales befand, fehlte immer der Sinn der Sache: Kuchen ohne Zucker, Milch oder Sahne, Kaffee ohne Koffein, Brot ohne Mehl und Hefe! Das alles klang für mich wie Wodka ohne Alkohol oder Sex ohne Orgasmus.

3 Begegnung mit dem Prinzen

Nach langem Warten konnte ich meinen Check-in durchführen und hoch in mein Zimmer gehen. Schnell merkte ich, dass der Urlaub eine gute Idee gewesen war, da ich, seit ich unterwegs war, nicht mehr an den kleinen Prinz gedacht hatte. Sobald ich jedoch wieder allein war, erinnerte ich mich wieder an ihn und die Blume. Ich war aber so müde, dass ich sofort einschlief.

Nach knapp vier Stunden wachte ich völlig gerädert auf. Mich plagten heftige Kopfschmerzen. Notgedrungen verließ ich mein weiches Bett, um mir ein paar Tabletten aus meinem Auto zu holen. Auf dem Rückweg meiner Reise zum Parkplatz stieß ich auf ein unüberwindbares Hindernis – die Hoteltreppe. Entschlossen begann ich meinen Aufstieg, doch als ich die erste Stufe erklimmen wollte, wurde mir schlecht. Ich konnte nicht mehr hochgehen. Dafür war der Strand ganz nah. Also bewegte ich mich völlig erschöpft zu den Bänken an der Promenade und ließ mich auf einer nieder und fiel in Ohnmacht.

Nach ein oder zwei Stunden kam ich wieder zu mir. Mir war immer noch übel. Ich konnte kaum meine Augen öffnen, wollte mich aber zumindest ins Zimmer schleppen. Mit einer abrupten Bewegung versuchte ich aufzustehen. Jedoch scheiterte ich kläglich.

Genau zu diesem Zeitpunkt hörte ich eine seltsame Stimme. »Hey, was ist mit dir?«

Ich blinzelte, nahm meine Umgebung jedoch nur verschwommen wahr. »Wer ist da?«, fragte ich.

»Ich weiß auch nicht mehr, wer ich bin. Ich weiß, wer ich war und wofür ich mich interessiert habe«, antwortete die Stimme.

»Dann sag doch wenigstens mal, wer du warst.«

»Ich war ein einsamer Mensch auf dem Planeten B612 mit einer Blume, einem Schaf und der Sonne.«

Was? Schaf, Blume und Sonne? *Nur wegen diesen Dingen bin ich doch hier gelandet*, dachte ich. Ich versuchte noch einmal genauer hinzusehen. Nun erkannte ich einen Menschen mit blonden Haaren, der eine Flasche Wodka in der Hand hielt und ab und zu einen Schluck trank. Er murmelte die ganze Zeit undeutlich vor sich hin.

Neugierig fragte ich erneut: »Wer bist du?«

»Das habe ich doch schon gesagt! Ich weiß es auch nicht mehr.«

Ich wollte herausfinden, ob es der kleine Prinz war. Ich erinnerte mich, dass er nicht erwachsen war und sich nicht für Zahlen, sondern für Gefühle, Emotionen und Farben interessierte. »Ich ziehe gern gelbe Pullis an«, sagte ich.

»Ja, wenn es kalt ist, muss man einen Pulli anziehen«, erwiderte er.

»Ne, ich meine gelbe, gelbe Pullis«, wiederholte ich.

»Die Farbe hält dich nicht wärmer. Ist auch egal. Hauptsache einen Pulli. Wie alt bist du?«, fragte er.

»Ich bin dreiunddreißig.«

»Was machst du von Beruf?«

Nein, das konnte nicht sein. Solche Fragen. Wodka. Kein Interesse an Farben. Das alles passte nicht zu dem kleinen Prinzen. *Er ist nicht der kleine Prinz*, dachte ich. Trotzdem antwortete ich ihm: »Ich bin Automechaniker.«

»Ich kannte mal einen auf der Erde, der Flugzeuge reparieren konnte.«

»Was? Flugzeuge? Du bist doch der kleine Prinz!« Er nahm wieder einen Schluck, ohne zu antworten. »Warum trinkst du so viel?«, fragte ich.

»Damit ich vergesse«, antwortete er.

»Vergessen? Was denn?«, fragte ich.

»Dass ich trinke.«

Meine Welt wurde auf den Kopf gestellt. Wie konnte das sein? Der kleine Prinz war tatsächlich merkwürdiger als alle Erwachsenen geworden. Ich hielt es nicht mehr aus und stellte die Frage, die mein ganzes Leben ruiniert hatte: »Was ist mit der Blume?«

»Welche denn? Ich hatte viele Blumen«, erwiderte er.

»Ich meine die einzigartige, die besondere.«

»Ach so, du meinst die teuerste?«

Jetzt drehte ich durch. Er musste der kleine Prinz sein, gleichzeitig konnten solche Aussagen doch unmöglich von ihm stammen. Was war bloß mit ihm passiert? Ich konnte es nicht glauben. Plötzlich schien er sich nur für die Zahlen zu interessieren. Ich redete über die Liebe, er redete über den Preis.

Er fragte wieder: »Meinst du die teuerste? Die Schönheitsblume?«

»Meinst du die schöne und einzigartige Blume?«, entgegnete ich.

Er zog einen Katalog aus seiner Tasche, sagte: »Hier meine Preisklassen«, und trank wieder einen Schluck.

»Warum trinkst du so viel Alkohol?«, wiederholte ich meine Frage.

»Damit ich mich nicht schäme«, antwortete er.

Genau wie der Säufer, dem er mal begegnet war. Er hatte sich damals über ihn lustig gemacht. Heute war der

Prinz schlimmer als er. Ich hätte meinen Kopf gegen die Wand hauen können. »Was ist denn mit dir passiert? Was ist mit der Blume, mit dem Schaf? Du hast hier auf der Erde gelernt, dass deine Blume was Besonderes ist. Und jetzt? Jetzt redest du nur über Preise und Zahlen.«

Er trank wieder einen Schluck. »Ja, ich habe mal so gedacht. Du lebst aber unter den Menschen und jeder kann deine Einstellung komplett ändern. Schau mal, wie viele du in deinem Leben triffst. Du bist wie ein Pingpongball, der immer wieder von ihnen hin und her geschlagen wird. Deine Lebensrichtung, deine Interessen und Ziele können sich immer wieder ändern.«

4 Digitaler Wandel auf G612

»Fünfzig Jahre hat es gedauert, bis ich wieder zurück war. Es war naiv von mir zu glauben, dass mir eine Schlange beim interstellaren Reisen helfen könnte. Anstatt mir die Heimkehr zu ermöglichen, ließ sie mich lediglich mit einer Bisswunde und starkem Ausschlag zurück. Mir blieb also nichts anderes übrig, als auf dem üblichen Weg zu reisen.

Damals hatte ich ein sehr kleines und altes Raumschiff. Habe mich öfter verflogen, musste viel suchen und ausprobieren, bis ich den richtigen Weg fand. Nach langen Jahren fand ich zurück zu meinem Planeten. Nicht die geringste Hoffnung hatte ich besessen, dass er noch existieren oder ich es zurückschaffen würde. Ich dachte, die Affenbrotbäume hätten meinen Planeten bestimmt zerstört.

Zu meiner Überraschung war er aber noch da und ohne einen einzigen Affenbrotbaum. Alles war wie immer. Nur die Blume war nicht da. Aber sie war nicht gestorben. Jemand hatte sie gefressen oder gepflückt. Wer konnte das gemacht haben? *Natürlich, das Schaf,* dachte ich mir. Es hatte die Blume gefressen.

Tagelang habe ich geweint und konnte ihm nicht mehr in die Augen schauen. Stattdessen wollte ich das Schaf zur Rede stellen und ihm sagen: ›Wie konntest du nur so was tun? Du weißt doch, wie viel mir die Blume bedeutet hat. Du hast jeden Tag gesehen, wie ich mich um sie gekümmert habe. In der Zeit, in der ich weg war, habe ich jede Sekunde an sie gedacht. Wie konntest du meine einzige Liebe auffressen? Könntest du dir vorstellen, dass ich dasselbe mit deiner Liebe tue?‹«

Er trank wieder einen Schluck. »Ich wollte mein verdammtes Schaf nicht mehr bei mir haben. In diesen Gedanken und Fragen versunken, hörte ich plötzlich ein Schmatzen. Wer konnte das sein? Natürlich das Schaf. Es hatte einen sehr kleinen Affenbrotbaum gefunden und war genüsslich am Essen. Früher war dies nicht so. Es hatte keine Affenbrotbäume gefressen. Ich musste sie abschneiden, bevor sie zu groß anwuchsen. Aber seitdem es nichts mehr zu fressen fand, aß es anscheinend alles, was es kriegen konnte.

Mit der Zeit verging jedoch meine Wut, denn auf diese Weise rettete es immerhin den Planeten. Dennoch wollte ich das Schaf nicht mehr bei mir haben. Ich wollte nicht jeden Tag aufwachen und in die Augen des Mörders meiner Liebe schauen. Also habe ich mein Schaf zum Nachbarplaneten gebracht, wo jemand es adoptierte. Schließlich war ich ganz allein auf meinem Planeten. Mir verging die Lust, jeden Tag rumzusitzen, mir die Sonne anzuschauen, meine Vulkane zu fegen und Wurzeln abzuschneiden. Trotzdem wollte ich noch eine Weile dort verbleiben, um mich von den Strapazen meiner langen Reise zu erholen.

In meiner Umgebung gab es deutliche Fortschritte, was die Technologie anging. Alle konnten problemlos und schnell verreisen. Außerdem besaßen sie etwas, das wie eine Lichtbox aussah und mit der sie miteinander reden konnten, obwohl sie Tausende von Kilometern voneinander entfernt waren. Das alles habe ich auf einem Nachbarplaneten beobachtet. Dort gab es ein großes Zentrum zum Einkaufen. Menschen aus dem ganzen Universum versammelten sich dort, um shoppen zu gehen. Im Gegensatz zu allen anderen, war ich ganz einsam.

Ich hätte auch gern eine Partnerin an meiner Seite gehabt, kannte aber niemanden im ganzen Universum. Ich kannte nur eine Blume und ein Schaf. Beide waren nicht mehr da. In diesem Moment kam mir plötzlich ein Gedanke: Ich hatte doch einen Nachbarn! Derselbe Nachbar, der mein Schaf bei sich aufgenommen hatte. Ich könnte ihn um Hilfe bitten. Als ich das Schaf zu ihm gebracht hatte, hatte er mir angeboten, immer zu ihm zu kommen, falls ich mal Hilfe brauchte.

Sofort fuhr ich zu ihm und erzählte ihm von meinen Problemen. Der Nachbar schenkte mir eine Lichtbox. Er erklärte mir, dass ich mich damit mit dem Internet verbinden und mit anderen reden kann. ›Du musst nicht lange Strecken zurücklegen, um jemanden zu besuchen. Damit kannst du neue Leute kennenlernen, ihnen von deinen Problemen erzählen und mit ihnen etwas unternehmen. Ein Leben ohne so ein Gerät ist heutzutage nicht vorstellbar. Wie kann es sein, dass du davon noch nicht gehört hast? Ich verbringe täglich viele Stunden mit dem Handy‹, erklärte er mir.

Wie konnte man mit so was Zeit verbringen? Es klang für mich, als ob man in dieses kleine Ding reingehen und sich dort mit Menschen treffen konnte. Die ganze Zeit auf die Lichtbox zu starren würde mich doch blind machen. Ich akzeptierte sein Geschenk. Ich verstand jedoch nicht, warum Menschen ihren Blick von der atemberaubenden Schönheit eines Sonnenuntergangs abwandten und in eine derart kleine Lichtbox schauten. Nun hatte ich zumindest ihren richtigen Namen gelernt: Handy.

Ich bin mit dem Handy zurück zu meinem Planeten gefahren, ohne die geringste Ahnung zu haben, wie man es eigentlich benutzt. Das Einzige, was ich konnte, war, den Sonnenuntergang zu beobachten. Genau wie in alten Zeiten, bevor ich weggeflogen war, setzte ich mich auf meinen Stuhl und schaute mir die Sonne an. Auf diese Weise gingen die Tage vorbei. Ich fing an mich selbst immer mehr zu hassen. Den Sonnenuntergang hatte ich schon Millionen Mal gesehen. Daran änderte sich nichts. Ich habe immer die Erwachsenen seltsam gefunden, aber was ich da tat, war genauso seltsam.

Ich musste aufstehen und was Neues erkunden. *Dieses Universum hat viel mehr zu bieten.* Viele solcher Gedanken schossen mir durch den Kopf, bis ich von dem Lärm eines ankommenden Raumschiffes aus meinen Träumereien gerissen wurde. Mein Nachbar stattete mir einen Besuch ab. Er hatte diesmal eine Begleitung mitgebracht. Eine bildhübsche Frau. Wunderschöne grüne Augen. Lange rote Haare. Was ich jedoch nicht normal fand, waren ihre Lippen. Sie waren so groß wie zwei Würstchen und viel roter als üblich. Ihr Gesicht sah so aus, als hätte sie Paste darauf verschmiert.

Mein Nachbar stellte sie mir vor. Sie hieß Anne-Marie. *Anne-Marie ist doch ein Erdenname,* dachte ich. ›Wo habt ihr euch denn kennengelernt?‹, fragte ich neugierig.

›Ich war neulich auf einem ›Planeten‹ in der Nähe der Erde. Dort habe ich durch eine Dating-App Anne-Marie kennengelernt. Wir haben uns ein paarmal in der Mitte auf dem Deimos getroffen und jetzt wohnen wir zusammen‹, erzählte der Nachbar.

Ich wollte seine Begleitung die ganze Zeit fragen, was die Paste auf ihrem Gesicht sei. Anfangs dachte ich, es wäre ihre Haut, aber die konnte nicht so rein und makellos sein – ohne ein Anzeichen von Akne.

Wir unterhielten uns einige Stunden. ›Und, hattest du auch Erfolg mit dem Handy und den Dating-Apps?‹, fragte der Nachbar.

›Was ist denn eine Dating-App?‹, fragte ich.

›Weißt du das nicht? Was hast du denn bisher mit dem Handy gemacht?‹, wunderte er sich.

›Gar nichts, denn ich habe es noch nicht benutzt. Ich weiß noch nicht einmal, wie man es einschalten kann‹, antwortete ich.

›Ach, wieso hast du mich nicht gefragt? Sollen wir dir beibringen, wie du das Handy benutzen kannst?‹, fragte der Nachbar.

›Ja, gern‹, erwiderte ich.

Mein Nachbar setzte sich zu mir, um mir die Funktionen des Handys beizubringen. In der Zeit zog Anne-Marie eine spiralförmige schwarze Bürste aus ihrer Tasche. Sie tupfte diese mehrmals kurz in eine kleine Tube, ehe sie einen Spiegel auf ihre langen Beine legte und ihre großen Augen ganz weit öffnete. Dann führte sie die Bürste vom Wimpernansatz mehrmals zum Wimpernende. Dabei öffnete sie ihre großen Lippen genauso weit wie ihre Augen. Anschließend schloss sie beides wieder, tunkte die Bürste zurück in die Tube. Dann wiederholte sie das Prozedere beim anderen Auge.

Warum macht sie ihren Mund auf, wenn sie ihre Augen öffnet?, fragte ich mich. Das wollte ich auch probieren, sobald sie weg waren. Vielleicht hatten der Mund und das Auge eine enge Verbindung.

Währenddessen zeigte mir der Nachbar ein paar Funktionen. Ich konnte nicht wirklich konzentriert zuhören, weil ich die ganze Zeit ein Auge auf seine Freundin hatte. Diese nahm ihr Handy aus der Tasche, nachdem sie mit ihren Augen fertig war. Sie hob das Handy und hielt es vor ihr Gesicht.

›Hallo, meine Lieben‹, rief sie mit schriller Stimme. Schockiert sprang ich von meinem Platz auf.

›Wer ist da?‹

Der Nachbar erklärte: ›Komm, setz dich. Sie redet nur mit ihren Followern.‹

›Schaut mal, wo ich bin! Auf einem süßen Planeten.‹

Während ich sie weiterhin anstarrte, sah mich der Nachbar an und fragte lächelnd: ›Möchtest du wissen, mit wem sie redet? Komm, ich zeig dir, wie es funktioniert. Ich denke, jetzt weiß ich, was du brauchst. Du musst ein paar Apps kennen, über die du mit anderen Menschen reden kannst.‹

Er führte seine Erklärungen fort. Dieses Mal hörte ich ganz konzentriert zu. Ich wollte auf jeden Fall erfahren, mit wem sie geredet hatte.

›Halt, hast du überhaupt Strom auf deinem Planeten? War der Elektriker nicht bei dir? Wie lebst du denn hier? Das macht einen doch verrückt! Du musst an die neue Lebensart herangeführt werden. Du kannst hier nicht rumsitzen und den Sonnenuntergang beobachten. Daran wird sich nie was ändern. Du verpasst nichts, wenn du dir eine Weile keinen Sonnenuntergang anschaust. Aber glaub mir, in jeder Sekunde, in der du nicht dein Handy checkst, verpasst du etwas. Deine bessere Hälfte hätte gerade in einer App online gehen können, während du hier sitzt und den Sonnenuntergang beobachtest – etwas, was dich jeden Tag einsamer macht. Der erste Schritt ist, den Elektriker zu holen. Aber bis dahin kannst du zu uns kommen. Wir laden das Handy dort auf und bringen dir bei, wie es funktioniert.‹

Nachdem ich Anne-Marie gesehen hatte, hatte ich ein unbeschreibliches Interesse daran, das Handy auszuprobieren. Wenn ich auch so eine Frau neben mir haben könnte, wieso sollte ich zögern? Ich würde lieber auf das Handy schauen und so eine Frau finden, statt den Sonnenuntergang zu beobachten. So eine Frau würde mir den Sonnenaufgang ins Leben bringen. Eine Sonne, die nie unterging.

Mein Nachbar brachte mir den Umgang mit Dating-Apps bei. Er hat mir auch die App gezeigt, über die seine Freundin mit den anderen Menschen gesprochen hat. Da konnte man Bilder hochladen und die Fotos von Menschen aus dem ganzen Universum sehen. Wenn dir eine Person gefiel, konntest du ihr folgen. In dieser App gab es Menschen, die sehr beliebt und berühmt waren. Sie hatten viele Follower – genau wie die Freundin meines Nachbarn.

Follower sind mehr als nur eine Zahl. Sie stehen für deinen Einfluss in der virtuellen Welt. Ich habe gemerkt, dass viele Frauen, die über hunderttausend Follower haben, ziemlich ähnlich aussehen und auch dasselbe machen. Sie zeigen, wie man mit Thera-Bändern trainieren, sich eine Paste auf das Gesicht schmieren oder die Haare mit zwei Heizplatten glätten kann.

Die Reiseziele sind auch sehr wichtig. Sie alle wählen fast dieselben aus. Sie gehen in die gleichen Schwimmbäder und bekommen das gleiche Frühstück am Wasser. Sie fangen bei Santorini an. Santorini ist wie eine Genehmigung für diesen Job. Ohne Santorini-Bilder läuft die Karriere nur halb so gut.

Auch in den Dating-Apps fand ich viele solcher Bilder. Ich hingegen hatte nur meinen leeren Planeten zu präsentieren. Um eine schöne Frau, wie Anne-Marie, kennenzulernen, würde das sicher nicht ausreichen. Jedoch erklärte mir mein Nachbar, dass es beim Dating nicht darauf ankommen würde, was man zu bieten hat, sondern lediglich, wie selbstbewusst man rüberkäme. Nach langem Überlegen stellte ich mich voller Selbstbewusstsein dar.

Ich beschrieb mich als einen König meines eigenen Planeten. Schnell haben sich bei mir dutzende Frauen gemeldet. Jedoch wollte mich keine einzige davon kennenlernen.

Prinz

Ich bin der König meines Planeten.

Alle machten sich über meine Arroganz und meinen kleinen Planeten lustig. Langsam dämmerte mir, dass ich keinen Deut besser war als der seltsame König von damals. Bis heute verstand ich nicht, wie man so eigenartig werden konnte. Jedoch merke ich nun, dass es schneller geht, als man denkt. Ich habe allerdings meine Zweifel heruntergeschluckt und weiter nach meiner Traumfrau gesucht.

In den Dating-Apps konnte ich sehen, wie weit die Mädchen von mir entfernt waren. Die, die in der Nähe waren, mochte ich nicht. Das ist aber immer so. Menschen sehnen sich immer nach den Dingen, die sie nicht haben können. Aber letztendlich sind sie doch alle gleich.

Ich beschäftigte mich die ganze Zeit mit dem Handy. Tagelang habe ich daran gesessen und versucht ein Mädchen wie Anne-Marie zu finden. Am Anfang hielt ich es für eine virtuelle Welt, aber mittlerweile ist sie für mich so real geworden, dass alles außerhalb dieser Box für mich virtuell ist. Zu dieser Zeit war der Sonnenuntergang, den ich mit voller Liebe und Freude angeschaut hatte, für mich nur ein Zeichen dafür, dass es bald dunkel wurde und ich in Ruhe in meiner Welt rumschnüffeln konnte. Auf dem Handy konnte ich so viele Sonnenuntergänge beobachten, wie ich wollte. Diese waren sogar viel schöner als der, den ich immer gesehen hatte.

Ich bekam immer mehr das Gefühl, dass die Menschen im Internet zu meiner Familie wurden, obwohl es nur eine einseitige Beziehung war und diese Menschen mich gar nicht sehen konnten. Ich verstand, warum diese Welt auf mich so anziehend wirkte – weil es eine Bühne war, auf welcher man die Aufmerksamkeit auf sich ziehen konnte. Du

kannst Bilder von dir in verschiedenen Szenarien hochladen: Während du Gitarre spielst, einen sehr wichtigen Vortrag hältst oder Sport treibst. Du hast sogar die Möglichkeit
den Bauch einzuziehen und Bilder von deinem Sixpack
hochzuladen.

Dabei spielt es keine Rolle, ob du wirklich Gitarre spielen kannst und wie gut. Oder ob der Vortrag tatsächlich so wichtig war. Was zählt, ist, dich auf irgendeine Weise zu inszenieren, um die Aufmerksamkeit auf dich zu ziehen. Jeder ist dein Kunde – egal, was du anbietest und egal, was du verkaufst. Egal, was du sagst, es gibt Menschen, die dir zuhören werden. Du musst also nicht unbedingt eine Fähigkeit haben, sondern nur bemühen irgendwie berühmt zu werden. Sobald du das einmal bist, kannst du alles werden: Sänger, Fashionstylist, Kosmetiker …

Es gibt Stichwörter, die Aufmerksamkeit erregen können – zum Beispiel ‚Augenringe entfernen' oder ‚Sixpack in zwei Wochen'. Es reicht, wenn du einmal in deinem Video Augenringe, Sixpack oder flachen Bauch sagst. Dadurch bekommst du viele Zuschauer.

Und genauso gibt es immer Menschen, die dich hassen, egal, was du machst und wer du bist. Der Hass und die Liebe sind nicht auf dich bezogen. Dies sind Reaktionen, die in Menschen abhängig von ihrer aktuellen emotionalen Situation ausgelöst werden. Sie haben endlich eine Wüste gefunden, in der sie schreien, schimpfen, lieben und alle anderen Gefühle grenzenlos ausleben können. Sie können endlich die Emotionen rauslassen, die sie jahrelang verdrängt haben.

Alle diese Gefühle formen einen Drachen in ihrer Seele. Es wird immer versucht, diesen inneren Drachen zu unterdrücken, aber gleichzeitig will dieser Drache den Menschen kontrollieren. Über die Jahre herrscht ein Krieg zwischen diesen beiden Parteien und sie verletzen sich gegenseitig. Der Kampf verläuft jedoch ganz still. Keiner kann ihn hören. Keiner kann ihn sehen. Was jeder wahrnimmt, ist das

Lächeln auf den Lippen, welches nur ein Ablenkungsmanöver ist, um die inneren Verletzungen vor anderen Menschen zu verstecken.

All diese stillen Verletzungen haben nun endlich einen Ort gefunden, an welchem sie sich von der Seele lösen und schreien können. An diesem Ort sind die Menschen in der Lage endlich zum Ausdruck bringen, dass sie geheilt werden müssen, dass sie eine Behandlung brauchen oder einfach dass sie auch existieren.

Und dort bist du nur eine Projektionsfläche. Du musst die Bedürfnisse der Menschen thematisieren. Hier geht es nur um die wichtigsten und natürlichsten Bedürfnisse, wie eine makellose Haut.

Ich wollte mich auch irgendwie präsentieren. Ich wollte auch, dass die Menschen mich sehen. Aber was hatte ich denn anzubieten außer einem leeren Planeten? Ich hatte kein Auto, keine Thera-Bänder und keine Pinsel. Konnte nicht malen, kein Instrument spielen, gar nichts. Mein Planet war viel zu klein für ein Auto. Ich besaß nur ein altes Raumschiff, aber so was hat jeder in dieser Umgebung. Nicht mal ein richtiges Haus hatte ich. Aber eins war mir klar: Ich würde keine Ruhe finden, solange ich dies nicht geschafft hätte. Ich wollte jeden Tag Tausende von Mitteilungen erhalten. Meine einzige Möglichkeit war also, es einfach auf meine eigene Art zu versuchen. Also blieb ich, wie ich bin, und schaute, ob es was brachte.«

5 Liebe auf den ersten Daumenwisch

»Um mit jemandem auf Dating-Apps ins Gespräch zu kommen, brauchst du nur ein Auge und einen gesunden Daumen, der gut wischen kann. Ob ein Gespräch anfängt oder nicht, liegt an dem Daumen auf der anderen Seite. Eines Tages habe ich ein Bild von einem Mädchen gesehen, das mein Leben verändert hat. Sie hieß Monica.

Ich fühle mich außerstande sie zu beschreiben, da jeder Vergleich, jede Metapher und auch jedes Bildnis ihre Schönheit herabwürdigen würden. Ich kann zum Beispiel nicht sagen, dass ihre Augen so blau waren wie das Meer. Weil ihre blaue Augenfarbe mit keinem Meer verglichen werden konnte. Ich will ihre Schönheit auf kein Gewässer reduzieren.

Als ich ihr Bild gesehen habe, wollte ich nicht mehr weiterwischen. Ich wollte diese Dame, dieses Bild, dieses Lächeln niemals verlieren. Ich war mir aber sicher, dass sie sich nicht in einer Millionen Jahren für mich entscheiden würde. Wenn ich also nach rechts gewischt hätte, hätte ich sie wohl niemals wiedergesehen. Mit einem bittersüßen Gefühl starrte ich ihr Bild an. Dann hatte ich jedoch die Idee: Sie könnte auch auf anderen Apps aktiv sein. Also begann ich dort nach ihr zu suchen.

Schneller als gedacht wurde ich fündig und konnte viele Bilder und Videos von ihr entdecken. Ich hatte das Gefühl, dass sie jetzt mir gehörte, obwohl sie nicht mal von meiner Existenz wusste. Tagelang habe ich ihr Profil durchstöbert. Jetzt wusste ich alles über Monica. Wusste, was sie in den letzten drei Jahren ihres Lebens gemacht hatte. Wusste, was sie in ihren Schränken hatte. Wusste, welche Arten von Pinseln beim Schminken benutzt werden sollten. Wusste, warum sie bei der Contouring einen Fischmund machte oder lächelte und wie man Mascara richtig auftragen und wieder abschminken konnte. Sie hat sogar auf ihrem Account erzählt, was für einen Einfluss die Farbe ihrer Unterwäsche auf ihre Laune hatte. Ich musste nur ihr Kleid und ihre Laune mustern, um zu wissen, welche Unterwäsche sie in welcher Farbe trug.

Jetzt verstand ich das Wort Influencerin. Sie hatte wirklich einen Einfluss auf mich. Ich konnte sie nicht vergessen – egal, ob ich das Handy in der Hand hatte oder nicht. Stundenlang wollte ich dasitzen und ihr beim Schminken zuschauen. Nein, es war nicht nur ein Einfluss, es war schon Kontrolle. Obwohl ich ihre Produkte gar nicht nutzen konnte, war ich bereit sie zu kaufen. Wie konnte es sein, dass das unendliche Universum plötzlich ein so kleiner, begrenzter und leerer Ort war, während sich ein ganzer Kosmos voller Möglichkeiten in einem kleinen Handy abspielte. Ich brauchte die Welt nicht mehr. Das Handy und ihre Videos sowie Bilder waren völlig ausreichend für mich. Meine ganze Welt befand sich nun in einem kleinen Kasten und sie drehte sich um Monica.«

Der kleine Prinz trank wieder einen Schluck und zündete sich eine Zigarette an. Ich wollte den Rest der Geschichte erfahren, aber traute mich nicht danach zu fragen, als ich das Leid in seinem Gesicht sah. Mich erfreute es dennoch, dass auch er das Bedürfnis hatte, mit jemandem zu reden, und dass ich dieser jemand war. Ganz so, als hätte er nach mir gesucht, um seine Geschichte mit mir zu teilen, weil er wusste, dass ich sie gern hören würde.

Er atmete den Rauch ein und starrte vertieft ins Leere. *Bitte erzähl weiter*, dachte ich mir. Das Schweigen hielt eine Weile an. Ich sah ihm weiter beim Rauchen zu, beobachtete, wie er den Rauch einzog und wieder ausatmete.

Dann führte der kleine Prinz seine Geschichte endlich fort: »Ich merkte, dass sie viel unterwegs war, weil ich jeden Tag ihre Distanz zu mir kontrolliert habe. Die Entfernung war mal größer und mal kleiner. Eines Tages jedoch bemerkte ich, dass unsere Distanz sich deutlich reduziert hatte. Ich war völlig erstaunt. Wie konnte das sein? Fuhr sie vielleicht zu einem Nachbarplaneten? Hatte sie mein Profil entdeckt und sich auf den Weg zu mir gemacht? Könnten wir uns wirklich bald sehen?

Ich war bereit mein ganzes Leben zu geben, um nur einmal ihre Gegenwart zu spüren. Ich bin wie verrückt auf meinem Planeten hin- und hergelaufen und habe mir unterschiedliche Szenarien in meinem Kopf ausgemalt. Möchte sie vielleicht verreisen? Möchte sie ihren Urlaub dieses Mal auf einem kleinen Planeten verbringen oder fliegt sie nur rum? Hat sie vielleicht eine Bekannte in der Nähe? Ach, nein, vielleicht ist sie eine Freundin von Anne-Marie. Das wäre dann aber eine sehr komische Situation, wenn sie mich mit Anne-Marie und meinem Nachbar besuchen kommen würde …

Schließlich wollte ich mit ihr allein sein, damit ich ganz gelassen mit ihr reden konnte, ohne Rücksicht auf andere nehmen zu müssen. Ich schaute noch einmal auf mein Handy. Jetzt war sie noch näher. Was passierte gerade? Was machte sie? Besuchte sie wirklich Anne-Marie? Ich konnte meinen Puls hören und hatte das Gefühl, dass mein Herz gleich aus meiner Brust springen würde. Meine unruhige Seele fühlte sich in meinem Körper gefangen.

Die Distanz verringerte sich von Sekunde zu Sekunde und die Hoffnung, dass ich sie bald sehen würde, brachte mich beinahe um. Plötzlich wusste ich nicht mehr, ob ich sie treffen wollte oder nicht. Der Gedanke, dass ich ihr nicht gefallen könnte, bereitete mir Angst. Vielleicht war ich gerade ganz glücklich mit meiner einseitigen Beziehung zu ihr. Ein Treffen würde alles ändern. Wenn ich ihr nicht gefiel und sie mein Herz brach, könnte ich meine Beziehung zu ihr nicht mehr so fortführen. Das schöne Gefühl der Sehnsucht und Hoffnung wäre weg.

Aber was war, wenn ich ihr doch gefiel? Dann könnten wir zusammenziehen. Ich könnte mit ihr an demselben Tisch essen, neben ihr auf demselben Sofa sitzen und mit ihr im selben Bett schlafen. Die Distanz zwischen uns beiden reduzierte sich erneut. Sie war jetzt so nah, dass ich zu ihr fliegen konnte. Ich schaute noch einmal und nun war sie weniger als einen Kilometer entfernt.

Aufgeregt sprang ich auf, um meinen Planeten aufzuräumen und sauber zu machen. Ich sah in den Spiegel und kämmte hastig meine Haare. Plötzlich entdeckte ich draußen ein Raumschiff. Panisch schaute ich auf mein Handy und sah, dass sie weniger als dreihundert Meter entfernt war. Ja, sie war es. Sie war hier.

Was war, wenn sie fragte, was ich beruflich machte? Ich konnte ihr nicht erzählen, dass mein Job früher das Beobachten von Sonnenuntergängen war und ich jetzt nur dasaß, um mir ihre Videos anzuschauen. Das kann doch jeder.

Ich hatte keine besondere Fähigkeit, um sie zu beeindrucken. Egal. Jetzt musste ich cool bleiben. Das war das Beste,
was ich machen konnte.«

6 Eine schicksalhafte Begegnung

»Ihr Raumschiff war riesig und ganz modern. Mit dem konnte man bestimmt in wenigen Stunden zur Erde fliegen. Es ähnelte einem Hubschrauber und konnte sogar in der Luft schweben. Mein Planet war so klein, dass sie hier nicht einmal richtig landen konnte. Ein großer, schlanker Mann stieg aus dem Raumschiff und kam zu mir.

›Was machen Sie hier? Wohnen Sie auf diesem Planeten?‹

›Ja, das ist mein Planet.‹

›Das glaube ich Ihnen nicht! Hier gibt es doch gar nichts. Was essen Sie? Wo schlafen Sie?‹

›Ich hole ab und zu etwas vom Nachbarplaneten.‹

›Ihr Raumschiff ist aber sehr alt und klein. Wie weit können Sie denn überhaupt damit fliegen?‹

Ich wollte auf diese ganzen merkwürdigen Fragen dieses Mannes gar nicht mehr antworten. Stattdessen wollte ich viel lieber mehr über ihn und seine Begleitung erfahren. War er etwa ihr Freund? Aber das konnte nicht sein, sie hatte doch keinen.

›Woran denken Sie? Sind Sie noch bei mir?‹, unterbrach er meine Gedanken.

›Sind Sie allein hergeflogen?‹, fragte ich endlich.

›Nein, ich bin mit meiner Mitarbeiterin gekommen‹, entgegnete er und rief nach ihr.

In dem Moment, als ich sie auf der Treppe erblickte, hörte sich meine Welt einen Augenblick lang auf zu drehen. Völlig überwältigt von ihrer Erscheinung, erstarrte mein Körper, mein Atem stoppte und mein Herz blieb stehen. Ihre langen blonden Haare fingen meinen Blick ein und ließen ihn nicht mehr los. Sie leuchteten heller als meine Sonne. Bei näherem Hinsehen fiel mir jedoch auf, dass sie nicht so dicht wie in ihren Videos waren.

Sie trug einen kurzen schwarzen Rock und gleichfarbige Schuhe. Ihre dünnen Beine verliehen ihren Schritten Anmut. Sie war aber kleiner, als ich erwartet hatte. Ein hellblaues T-Shirt aus Netzstoff verdeckte ihren Oberkörper – oder auch nicht, denn ich konnte ihren BH durch den Stoff sehen. Den hatte sie gestern Abend auch angehabt. Ihr T-Shirt hatte fast die gleiche Farbe wie ihre Augen. Sie waren dunkelblau.

In ihren Videos waren sie jedoch heller. Sie kam mir immer näher. Die Aufregung riss mich beinahe von den Beinen. Mein Verstand stürzte sich in ein Chaos der Gefühle. Ich dachte immer, dass wenn ich sie sehen würde, ich sie in den Arm nehmen und nie wieder loslassen könnte. Mir wurde jedoch voller Ernüchterung klar: Ich hatte mich nicht in sie verliebt, sondern in die Frau, die ich auf meinem Handy gesehen hatte. Die Person hier war ein anderer Mensch. Dennoch musste ich beide lieben, denn sie waren untrennbar miteinander verbunden.

Sie kam wieder näher. Ich war wie eingefroren; seit dem ersten Blick bis zu diesem Moment hatte ich mich keinen Millimeter bewegt. Mittlerweile war sie ganz nah, sodass ich ihr Gesicht besser betrachten konnte. Sie trug genau das Make-up, das sie letzte Woche in einem Video aufgetragen hatte. Sie war zwar kein makelloser Engel – wie ich es von ihren Videos erwartet hatte –, aber trotzdem sehr hübsch.

Je länger ich sie ansah, desto mehr überkam mich die Sehnsucht nach ihrem Profil. Insgeheim wartete ich nur drauf, dass sie zurückging, damit ich sie wieder in meiner gewohnten Welt sehen konnte. Das Leben am Handy war realer für mich.

Sie begrüßte mich herzlich und streckte ihre Hand aus. Sobald ich ihre berührte, gingen mir all ihre Videos und Bilder durch den Kopf. Mein Arm war so gut wie taub.

›Wohnst du hier? Wir haben dich das letzte Mal nicht gesehen‹, berichtete Monica.

›Ja, ich wohne hier. Ich war auf einer Reise.‹

›Sehr schön, wo warst du denn?‹

›Ich habe viele Planeten gesehen. Der letzte Planet war die Erde.‹

›Wir exportieren unsere Produkte auch dahin.‹

Daraufhin unterbrach ihr Begleiter unser Gespräch: ›Monica, können wir kurz unter vier Augen sprechen?‹

Die beiden unterhielten sich eine Weile. Er schwafelte voller Aufregung etwas von einem rechtlichen Problem. Sie sprachen über einen Rohstoff, der anscheinend mir gehörte und den sie mir nicht einfach wegnehmen konnten. Anscheinend hatten sie ihren Kunden erzählt, dass ihre Produkte nur aus organischen und veganen Inhaltsstoffen bestünden, damit sie zufrieden seien. Wenn die Kunden jetzt erführen, dass sie die Zutaten jemandem wegnähmen, ohne dafür zu zahlen, würden sie ihr Vertrauen verlieren. Das würde einen sehr schlechten Einfluss auf ihr Image haben.

So bekam ich mit, worüber sie sich unterhielten, hatte aber nicht die geringste Ahnung, über welchen Rohstoff sie redeten. Ich hatte hier doch gar nichts, was sie mir wegnehmen konnten.

›Weißt du etwas über eine Blume, die du hier hattest?‹, fragte mich Monica. Ich war völlig erstaunt. Woher wussten sie, dass ich eine Blume gehabt hatte?

›Mein Schaf hat die Blume gefressen‹, antwortete ich.

›Welches Schaf?‹

›Ich hatte ein Schaf, das eine lange Zeit nichts zu fressen hatte. Es hat die Blume gefressen.‹

Daraufhin fingen beide an laut zu lachen. Verwirrt fragte ich, was so lustig an meinem Verlust war, woraufhin der Mann mir erklärte, dass Schafe doch keine Blumen fressen würden und dass es bestimmt was anderes gefunden hatte, um zu überleben. Da hatte er vermutlich recht. Ich erinnerte mich, dass ich es beim Affenbrotbaumfressen gesehen hatte.

Also fragte ich: ›Was ist dann mit der Blume passiert?‹

›Wir waren vor ein paar Monaten hier. Wir dachten, dass auf diesem Planeten keiner wohnt. Deswegen haben wir dich nicht um Erlaubnis gebeten, um die Blume zu pflücken. Wir haben sogar ein paar schöne Bilder davongemacht‹, erklärte Monica und übergab mir ein kleines Foto. Auf dem Foto posierte sie stolz mit einer Schere in der linken und meiner Blumen in der rechten Hand.

›Was? Ihr habt die Blume gepflückt? Warum habt ihr das gemacht?‹ Ich war entsetzt, wollte jedoch nicht zeigen, dass ich die Blume geliebt hatte, denn meine Gefühle für Monica waren viel stärker. ›Deine Blume war einzigartig! Du könntest das ganze Universum durchsuchen und würdest trotzdem keine Blume wie diese finden‹, schwärmte Monica.

Das bereitete mir Sorgen. Wusste sie, dass ich die Blume geliebt hatte? Dann würde sie meine Liebe zu ihr niemals ernst nehmen. Woher wusste sie, dass die Blume für mich einzigartig war?

Sie fuhr fort: ›Diese Blume hat einen besonderen Saft, der austritt, wenn man den Stängel durchbricht. Wir haben sehr lange nach so einer Flüssigkeit mit denselben Eigenschaften gesucht, wurden aber nirgendwo fündig. Wir haben sogar eine Forschungsgruppe zusammengestellt, die damit beschäftigt war, diese Flüssigkeit in der Natur zu finden. Vor ein paar Monaten untersuchten sie alle Planeten in der Umgebung, bis sie auf deinem Planeten die Flüssigkeit fanden.‹

›Warum habt ihr diese Flüssigkeit gesucht? Was könnt ihr mit dieser kleinen Menge erreichen?‹, fragte ich.

›Tausende Kosmetikprodukte herstellen. Dieser Mann gehört zu der Forschungsgruppe, und ich bin heute hier, um einen Werbespot für die Produkte zu drehen. Wir wollten unseren Kunden zeigen, unter welch schwierigen Umständen wir die Rohstoffe ergattern. Unseres Wissens nach müsste die Blume bis jetzt wieder erblüht sein. Wir wollten sie für die nächste Produktion noch mal pflücken‹, antwortete Monica.

›Warum aber diese Flüssigkeit?‹

›Sie enthält ein besonderes Protein. Das ist das beste Anti-Aging-Mittel, das man bis jetzt gefunden hat. Wir benutzen dies in unseren Kosmetikprodukten, damit sie, neben ihrem Schönheitseffekt, auch Altersfalten vorbeugen. Wir sind das einzige Unternehmen, welches Produkte mit diesen Eigenschaften produziert.‹

Mir fiel auf, wie unterschiedlich die Perspektiven der Menschen über die Einzigartigkeit sein konnten. Die Liebe zu meiner Blume war mein Verständnis von Einzigartigkeit. Was für mich ein einzigartiges Symbol der Liebe war, war für sie nur ein Rohstoff.

›Weißt du, wie man diese Blume züchten kann?‹, fragte sie mich.

›Ja klar. Ich bin der Einzige, der das kann‹, behauptete ich, ohne die geringste Ahnung zu haben, wie man diese Blume tatsächlich züchtete. Die Blume war von allein gewachsen. Aber ich musste ihr das als eine Fähigkeit von mir verkaufen. So konnte ich einen Platz in ihrem Herzen gewinnen.

›Wovon lebst du überhaupt? Hast du einen Job?‹, fragte sie mich.

›Ja, ich züchte Blumen für das gesamte Universum. Ich war eine Weile im Urlaub, deswegen sieht es hier leer aus. Normalerweise ist mein Planet voll mit Blumen.‹ Dies war alles ausgedacht – nur um Monica zu beeindrucken.

›Das letzte Mal, als wir hier waren, haben wir aber nur eine Blume gesehen‹, erwiderte sie.

›Da ich in den Urlaub fliegen wollte, habe ich keine weiteren Blumen angepflanzt‹, log ich weiter.

›Dann kannst du also die gleiche Blume noch einmal pflanzen? Wir brauchen eine Blume mit dem gleichen Saft. Wie machst du das überhaupt? Wie kannst du so eine Blume züchten? Eine, die man im ganzen Universum nicht findet‹, fragte sie mich weiter aus.

Ich hatte keine Ahnung, was an dieser Blume so besonders war, außer dass ich sie geliebt hatte.

Monica erzählte weiter: ›Wir können einen Vertrag abschließen. Du musst aber so viele Blumen wie möglich züchten. Gern kannst du uns auch besuchen. Du wirst unser Team kennenlernen und an unseren Partys teilnehmen. Nächste Woche werden wir alles bei uns im Detail besprechen. Wir wohnen auf dem Mars. Die Verträge schließen wir aber auf der Erde ab. Dort sitzt unsere Anwaltsgruppe. Fang am besten an die Blumen zu züchten. In ein paar Tagen werde ich mich bei dir melden und ein Raumschiff zu dir schicken, das dich abholen wird.‹

Ich habe nichts mehr gesagt. Mit diesen Worten und einer Umarmung verabschiedete sie sich von mir. Ihre Wange berührte meine und ihre Wärme floss in meinen Körper. Für einen Augenblick empfand ich ein unbeschreibliches, nie dagewesenes Glücksgefühl. Ich wollte sie tatsächlich nicht mehr gehen lassen.«

7 Partys, Pelze und Profite

»Ich musste sofort mit dem Züchten anfangen. Ich hatte aber nicht die geringste Ahnung, wie ich das machen sollte. Das Einzige, was ich über die Blume wusste, war, wie die Samen aussahen. Genau, ich musste zuerst welche finden. Zuerst goss ich die Stelle, an der meine geliebte Blume gepflückt wurde, anschließend machte ich mich auf die Suche nach anderen Samen.

Ich durchkämmte sämtliche Planeten der Nachbarschaft, um so viele Samen aufzutreiben wie möglich. Angetrieben von meiner Liebe zu Monica, führte ich meine Suche so lange fort, bis ich nicht mehr auf den Beinen stehen konnte. Völlig abgekämpft legte ich mich ein bisschen hin und schaute mir das Profil von Monica an, bis ich mit dem Handy in der Hand einschlief.

Am nächsten Tag suchte ich weiter, konnte aber keine weiteren Samen finden. Die, die ich aufgelesen hatte, pflanzte ich ein und goss sie. Am Abend schickte ich Monica ein paar Nachrichten. Ich dachte viel über sie nach. Zwar wusste ich, dass sie keinen Freund hatte, aber nicht, ob sie gerade dabei war, jemanden kennenzulernen. Also fragte ich sie, wie es ihr ging, was sie machte und ob die Produktion und der Verkauf gut liefen. Sie ignorierte mein Interesse und fragte mich stattdessen nur nach den Blumen. Wie viele ich eingepflanzt hätte und wie viele Tage es dauern würde, bis sie wuchsen.

Ich zählte die Tage und erinnerte mich dabei an meinen Besuch beim Geschäftsmann, der auch immer gezählt hatte. Damals hatte ich ihn sehr merkwürdig gefunden. Nun machte ich voller Gier dasselbe. Plötzlich verstand ich, warum die Erwachsenen zählten.

Nach ein paar Tagen hatte die erste Blume einen Trieb. Das war ein Zeichen dafür, dass ich mit Monica arbeiten konnte. Jetzt konnte ich ihr meine einzigartige Fähigkeit zeigen: Nur ich konnte so eine Blume züchten. Voller Aufregung berichtete ich ihr ausschweifend von meinen bahnbrechenden Erfolgen. Sie freute sich über alle Maßen. In zwei Tagen würde sie mich mit einem Raumschiff abholen.

Das war genug Zeit für ein kleines Makeover. Ich wollte auch so aussehen wie die Influencer auf Monicas Bildern. Dazu schaute ich mir ein paar Videos auf meinem Handy an und zog mit dem Geld, welches Monica mir gegeben hatte, sofort zum Einkaufsplaneten los. Einen Anzug kaufte ich und ließ mir die Haare stylen. Ich wusste nicht einmal, welche Größe mir passen würde, was für Anzüge es gab und welche Farben. Letztendlich wählte ich den Anzug gar nicht aus – der Verkäufer tat es für mich.

Am nächsten Tag kam das Raumschiff. Erwartungsvoll und mit einem teuren Markenanzug ausgestattet stieg ich ein und wir flogen los. Unterwegs überlegte ich mir tausend Szenarien, wie ich mich zu verhalten hatte, was ich sagen sollte und vor allem, wie ich sie für mich gewinnen konnte.

Um einen Vertrag zu schließen, flogen wir zur Erde. Wir landeten neben einem großen Haus. Es stand mitten in einem prunkvollen Garten mit einem Pool, der größer war als mein Planet. Drum herum standen dutzende Liegestühle. Am Beckenrand wartete ich ungeduldig darauf, dass die Anwälte mich empfingen. Dabei beobachtete ich einen alten Gärtner, der seiner Arbeit nachging. Liebevoll streichelte er seine Blumen. Er schien sie regelrecht anzuhimmeln. Ich erinnerte mich an die Zeit, bevor ich das erste Mal meinen Planeten verlassen hatte. Doch das war Vergangenheit. Am heutigen Abend würde es hier eine Party geben, an welcher viele hochrangige Influencerinnen teilnehmen würden. Dort wollte ich gemeinsam mit Monica im Mittelpunkt stehen, statt das Leben eines unsichtbaren Gärtners zu fristen. Pflanzen reichten mir als Gesellschaft nicht mehr aus.

Die Luft am Pool war sehr frisch. Eine angenehme Briese streifte mein Gesicht. Ich schloss meine Augen, atmete die Luft tief ein und ließ meine Gedanken kreisen, bis der Anwalt mich rief. Sofort öffnete ich meine Lider und verabschiedete mich von meinen Träumereien. Noch nicht ganz wieder in der Realität angekommen, folgte ich dem Mann ins Haus. Dort hatten sie einen runden grauen Tisch mit runden grauen Stühlen vorbereitet. Darauf befanden sich graue Stifte, ein Haufen Papierkram und ein paar Gläser stilles Wasser.

Zuerst zeigten die Anwälte mir die Produkte und informierten mich mit einer langen und verwirrenden Präsentation über den Verkauf und über das Marketing. Sie erzählten mir, wie viel jede Blume kosten und was für einen Prozentsatz des Verkaufspreises ich erhalten würde. Ich sollte für die Blumen eine Liste mit unterschiedlichen Preisen erstellen, obwohl die alle gleich waren. Jedes Mal, wenn Zahlen genannt wurden, hörte ich genau zu, um zu wissen, wie viel ich verdienen würde. Ich brauchte nämlich viel Geld, um ein gutes Raumschiff und möglicherweise ein Haus auf dem Planeten von Monica zu kaufen. Sie würde sich niemals für einen armen Gärtner interessieren. Männer in Anzügen und mit guten Jobs waren mehr ihr Kaliber.

Ohne sie vorher durchzulesen, unterschrieb ich alle Unterlagen. Am Ende des Gesprächs gaben wir uns die Hand und die Anwälte machten eine große Weinflasche auf. Einer von ihnen sagte mit einem Lächeln auf den Lippen, dass wir die Zeit noch ein bisschen genießen sollten, bis die anderen kamen. Das war das erste Mal, dass ich Alkohol getrunken habe. Ich hatte nie Interesse daran gehabt, aber in Monicas Videos hatte ich gesehen, dass sie ähnliche Getränke aus solchen Flaschen trank. Ich musste mich also auch daran gewöhnen.

Die Gäste wurden mit der Zeit immer mehr. Ich kannte bereits viele aus dem Internet. Alle sahen in dieser Welt weniger perfekt aus und glichen normalen Menschen. Auch sie hatten keine glänzende Haut wie aus Glas, wie ich es immer gedacht hatte; auch sie hatten Macken, Narben und Cellulite, obwohl sie doch Mittel gegen Cellulite verkauften. Jeder von ihnen hatte Paste auf dem Gesicht.

Mittlerweile waren fast alle Gäste da – alle von Monicas Freundinnen und ein paar Firmenvertreter. Wir saßen an einem Tisch und tranken aus v-förmigen Gläsern ein rosafarbenes Getränk, in dem eine Kirsche schwamm. Die Gespräche drehten sich merkwürdigerweise um die Strohhalme. Anscheinend war deren Rohstoff ein wichtiges Thema. Dies war ein Zeichen für den Respekt gegenüber der Natur, für Kultiviertheit und für die Rücksichtnahme gegenüber den zukünftigen Generationen. All dies hing davon ab, aus welchem Stoff ein Strohhalm hergestellt wurde. Es war egal, ob alles andere, was man besaß, aus Plastik war. Hauptsache der Strohhalm war aus nachhaltigem Material.

Mit einem aufgesetzten Lächeln folgte ich den Diskussionen. Vieles, von dem sie sprachen, verstand ich nicht. Ich traute mich auch gar nicht etwas zu sagen. Zu groß war meine Angst, etwas Falsches von mir zu geben und so meine Chancen bei Monica zu verlieren.

Ich dachte, bei dieser Versammlung handelte es sich um eine Party, aber es ging nur um Karriere und Werbung. Die Vertreter waren eingeladen, um eine Influencerin für die Werbung ihrer Produkte auszusuchen. Die Influencerinnen sprachen untereinander darüber, welcher Job sie am meisten reizte. Es herrschte natürlich viel Konkurrenz untereinander, da es Produkte und Marken gab, für die alle werben wollten.

Ich war ein bisschen benommen von dem Alkohol. Daher meine Zunge fing an sich zu lockern. Irgendwann traute ich mich auch mal etwas zu sagen. Allerdings interessierte sich keiner für das, was ich zu erzählen hatte. Keiner wollte einem einfachen Gärtner zuhören.

Die Lage wurde immer angespannter. Jederzeit konnten andere Firmenvertreter ankommen. Deswegen musste schnell beschlossen werden, wer welchen Job annehmen würde. Die eine wollte das Shampoo, die andere BHs und Unterhosen. Monica wollte auf jeden Fall mit einem Pinselhersteller arbeiten. Die Pinsel passten nämlich zu der Paste. Sie war die ganze Zeit im Stress darüber, ob sie den Job bekommen würde oder nicht, obwohl sie viel erfolgreicher war als alle anderen.

Zwischendurch wurde es lauter. Es fielen Beleidigungen und man schrie sich gegenseitig an. Monica sprach kein Wort mit mir. Ich war unsichtbar für sie. Die Konkurrenz versaute die freundliche Stimmung. Die wunderschönen Frauen wurden zu Raubkatzen.

Plötzlich rannte ein Mädchen vom Fenster zum Tisch und sagte: ›Hört auf! Sie sind da.‹

Weitere Vertreter kamen der Reihe nach in den Saal. Nun mussten sie entscheiden, wer für ihre Produkte werben sollte. Monica ging sofort zum Pinselhersteller und unterhielt sich mit ihm. Der Auftraggeber war sehr zufrieden mit ihr als Werbemodell.

Ein Mann und eine Frau, die ein wenig älter als alle anderen waren, fielen sehr auf. Sie waren die Produzenten vom künstlichen Pelz. Die Frau erinnerte mich an die böse Dame in *Hundertundein Dalmatiner*. Sie trug selber einen braunen Pelzmantel und einen Pelzhut. Der Mantel hatte schwarze Punkte und der Hut war in helleren Tönen. Ihre Klamotten und Accessoires weckten tiefe und vergessene Gefühle in mir. Sie kam mir bekannt vor. Ich hatte ihren Hut schon mal irgendwo gesehen.

Die Diskussionen fingen an. Die Vertreter wollten die Werberinnen auswählen und die Frauen kämpften erbittert, um die besten Jobs zu ergattern. Monica hatte ihren Vertrag bereits unterschrieben und konnte nun die Zeit für sich nutzen. Schüchtern fragte ich sie, ob sie mit mir in den Garten kommen und gemeinsam was trinken wollte. Zunächst warf sie mir einen leicht genervten Blick zu, ging aber nach kurzem Zögern auf meinen Vorschlag ein. Ich denke, das tat sie nur wegen der Blumen. Doch mir war das egal. Ihre Aufmerksamkeit galt nun ganz mir. Endlich konnte ich sie kennenlernen und ihr vielleicht sogar ein Stück meiner Welt zeigen. Schnell nahmen wir uns ein paar Drinks und begaben uns nach draußen. Mein Herz fing vor Aufregung an zu tanzen. Wir schlenderten gemeinsam am Pool entlang und ich nahm auf einer abgelegenen Bank Platz. Dort konnte uns niemand stören. Monica setzte sich mit einer Armlänge Abstand neben mich. Ihr Blick schweife vom Pool aus über den Garten und blieb an der untergehenden Sonne stehen. Nervös wie ich war, brachte ich zunächst kein

Wort heraus. Es war so, als hätte mir ein Affenbrotbaum im Hals gesteckt. Um das Eis zu brechen holte ich tief Luft und fragte sie mit leichtem Stottern:

›Der Sonnenuntergang ist wunderschön, nicht wahr? Auf meinem Planeten habe ich einmal dreiundvierzig Sonnenuntergänge am Stück beobachtet.‹

›Ja ich mag Sonnenuntergänge total. Du solltest deine ins Netz stellen. Das gibt sicher viele Likes.‹ entgegnete sie mir erstaunt.

›Das warme Rot des Sonnenuntergangs streichelt das Gesicht, wie ein sanfter, aber flüchtiger Kuss.‹

›Das hast du schön gesagt. Klingt voll süß. Das ist der perfekte Werbetext für meine neue Pinselkampagne.‹

Ich wurde ganz rot und wusste nicht so genau, wie ich antworten sollte. Doch es war auch keine Antwort notwendig. Nach einem kurzen Moment der Stille wurde Monica von einer ihrer Kolleginnen ins Haus gerufen. Sie stand sofort auf und folgte eilig der Stimme. Überwältigt von unserem Gespräch blieb ich jedoch noch eine Weile auf der Bank sitzen, blickte auf den Sonnenuntergang und ordnete meine Gefühle.

Ich wusste genau, dass ich so gut wie keine Chance bei ihr hatte. In der Welt der Influencerinnen war ich nur ein Follower. In ihrer Welt war ich nur ein Blumenzüchter. Ich hatte ihr gar nichts zu bieten. War unsichtbar für sie und besaß kein Geld und keine Position, mit der ich sie anlocken könnte. Sie wollte bestimmt mit jemandem zusammen sein, der sie in ihrer Karriere weiter fördern konnte.

Ich saß neben dem Pool auf einer Liege und blickte traurig durch das Fenster in das Haus. Wie schnell sich das Leben doch ändern konnte. All die Jahre habe ich auf meinem

Stuhl gesessen, den Sonnenuntergang angesehen und dessen Schönheit bewundert. Jetzt hat mich die Liebe hierhergezogen und ich fragte mich, wie ich wie diese Menschen geworden bin. Meine Welt hatte sich in ein kleines Handy verschoben, aus dem ich nicht mehr rauskam. Ich tat nichts, außer die Tage zu zählen, bis ich meine erste Blume ernten konnte – genau wie der Geschäftsmann, über den ich mich damals lustig gemacht hatte. Den hatte ich merkwürdig gefunden weil er einfach nur dagesessen und die Sterne gezählt hatte. Jetzt aber verstand ich es. Vielleicht war auch er in jemanden verliebt gewesen und hatte dafür viele Sterne haben müssen.

Plötzlich riss mich eine unbekannte Stimme aus meinen Gedanken: ›Kannst du mir meinen Großvater zurückgeben?‹

Ich drehte mich völlig erschrocken um und fragte: ›Wer bist du?‹

›Hey, komm näher! Ich bin hier im Busch‹, flüsterte die Stimme.

Ich stand auf und folgte ihr. Zwischen den Blättern sah ich zwei strahlende Augen. Langsam wurde auch der Körper sichtbar; es war eine kleine orangefarbene Kreatur. Sie kam raus aus dem Busch und wiederholte: ›Kannst du mir meinen Opa zurückgeben?‹

Trotz einer Vielzahl von Drinks erkannte ich richtig, dass es sich bei der Kreatur um einen Fuchs handelte. Der Fuchs kam mir sehr bekannt vor. Ich fragte ihn: ›Wer ist dein Opa und wie kann ich ihn dir zurückgeben?‹

›Schau doch, da, auf ihrem Kopf!‹ Er zeigte auf die Frau mit dem Pelzhut. ›Ihr Hut war mal mein Opa. Er war mein

Held. Der Gute hat immer über das Zähmen geredet und dabei gelacht.‹

Dieser Satz war wie eine Gehirnerschütterung für mich. Ich sagte: ›Was? Ich habe vor einigen Jahrzehnten auf der Wiese so einen Fuchs gesehen, der sich von mir zähmen lassen wollte.‹

›So alt scheinst du gar nicht zu sein. Bist du ein Alien? Oh, sorry, so darf ich dich nicht nennen, das ist Rassismus. Bist du ein Lebewesen mit Raumfahrthintergrund?‹

›Ja, bin ich. Ich habe deinen Opa gekannt. Er war eine liebevolle Seele, die mir die richtige Bedeutung von Liebe beigebracht hat. Danach habe ich gemerkt, warum meine Blume einzigartig ist, obwohl Milliarden von ihnen in diesem Universum existieren.‹

›Ich habe heute was von dir gelernt. Es ist egal, was jemand sagt und warum. Wichtig ist, was du aus seinen Worten mitnimmst und was für einen Einfluss das auf dein Leben hat.‹

›Was meinst du damit? Du hast gerade auch gesagt, dass er dein Held war.‹

›Ja, aber das habe ich aus einem anderen Grund gesagt.‹

›Aus welchem denn?‹

›Egal. Das erzähle ich dir später.‹

›Aber einen Moment mal, diese Menschen dort produzieren doch künstliche Pelze. Wie kann sie einen echten tragen?‹

Der Fuchs lachte: ›Papierstrohhalme, künstliche Pelze. All dies ist nur eine Werbemasche. Wenn keine Kamera da ist, kannst du machen, was du willst. Künstliche Pelze bringen ihren Kopf zum Jucken. Sie kann sie also überhaupt nicht tragen. Ihre Haut ist sicherlich zu empfindlich. Der

Schein ist trügerisch. Auch du wirst das noch lernen. Ich muss jetzt gehen. Vielleicht sehen wir uns noch mal wieder.‹

Ich war völlig durcheinander und brauchte ein wenig Zeit, um das zu verarbeiten, was ich gehört hatte. Jetzt musste ich jedoch wieder reingehen, um keinen schlechten Eindruck zu hinterlassen. Die anderen waren dabei, Werbevideos zu drehen. Ein paar waren bereits hochgeladen.

Erneut bemerkte ich Unterschiede zur perfekten Onlinewelt. Ich erkannte, dass die Personen in ihren Handys wie ihre digitalen Zwillinge sind. Sie sehen sowohl ähnlich als auch anders aus, verhalten sich unterschiedlich und haben irgendwie keine Verbindung zu den Personen in dieser Welt. Sie sind zwei voneinander unabhängige Menschen. Einer ist in der analogen Welt und der andere in der digitalen aktiv.

Monica kam zu mir und teilte mir mit, dass ich heute Abend hier schlafen dürfe, aber morgen wieder zurückfliegen und arbeiten müsse. Sie behandelte mich wie einen ihrer Angestellten. Das war mir aber egal, denn zu dem Zeitpunkt wollte ich nur in ihrer Nähe sein. Ich würde schon einen Weg finden, mich in ihr Herz zu schleichen.«

8 Ein hoher Preis für die Liebe

»Am nächsten Tag wurde ich zurück nach B612 gebracht. Dort erwartete mich ein sehr erfreuliches Bild. Viele Pflanzen hatten bereits erste Triebe. Ich erstellte eine Liste und schrieb auf, welche Blume gesät werden musste. Mein Planet war für mich sehr eng und langweilig geworden. Er war für mich nun nicht mehr als ein Arbeitsplatz. Ich musste hier schuften, damit ich genug Geld verdiente, um auf einem anderen Planeten mit anderen Leuten leben zu können.

Seit ich noch mal auf der Erde gewesen war, konnte ich hier nicht mehr allein sitzen und darauf warten, dass die Blumen wuchsen. Hier hatte ich keinen, mit dem ich reden konnte. Ein weiteres Mal wollte ich in Gesellschaft feiern, trinken, reden und lachen. Aber die Voraussetzung dafür war mein Erfolg auf diesem Planeten. Ich musste hier anpacken und Blumen züchten, damit ich etwas zu bieten hatte.

Diese Arbeit hatte viel mit Warten zu tun; schließlich konnte ich die Blumen nicht aus der Erde herauszaubern. Ich musste Geduld aufbringen und genau beobachten, wie sich jede Blume entwickelte. Ich zählte die Tage, analysierte ihr Wachstum und entschied, was für welche Blume wann gemacht werden musste.

Eines Tages hörte ich am frühen Morgen eine schüchterne Stimme auf meinem Planeten: ›Guten Morgen! Kannst du eine Glocke über mich stülpen? Mir ist sehr kalt.‹

Völlig erstaunt stand ich auf und sah, dass genau an der Stelle der alten Blume eine neue gewachsen war. Mit gierigem Blick musterte ich sie. Es war das erste Mal, dass ich eine Blume als eine Beute ansah. Sie war keine wunderschöne und duftende Pflanze, auf die ich aufpassen musste und deren Schönheit ich bewundern sollte. Sie war eine neu gewachsene Beute – nur ein Flüssigkeitsträger. Der Gedanke, dass ich jetzt etwas anzubieten hatte, verursachte bei mir Gänsehaut.

Ich sagte: ›Hallo! Schön, dass du da bist.‹

›Du hast bestimmt lange auf mich gewartet und dich viel um mich gekümmert, damit ich aufwachse und dich liebe. Damit du jemanden hast und nicht so allein auf diesem Planeten leben musst. Auf diese Weise wolltest du bestimmt einen Platz in meinem Herzen finden. Ab jetzt werde ich mich auch um dich kümmern. Ich werde mit dir reden, damit du dich nicht allein fühlst. Werde dich verarzten, wenn du krank bist. Werde dich motivieren, wenn du einen Plan hast, und werde die beste Zuhörerin sein, wenn du reden möchtest.‹

Normalerweise hätte ich den Sinn des Lebens in diesen Worten gefunden, aber gerade war es nur wichtig, wie viel Flüssigkeit ich aus ihr extrahieren konnte. Heimlich warf ich einen Blick auf die Liste. Nur noch drei Tage würde sie brauchen, um die nötige Größe zu erreichen.

Sie war sehr gesprächig und erzählte, wie glücklich sie sei aus der Erde rausgekommen zu sein. Vor ein paar Tagen war sie nur ein Keim im Boden gewesen, aber jetzt war sie fast ausgewachsen. Sie konnte die Welt um sich herum entdecken und stellte sich eine gemeinsame Zukunft mit mir vor. Das Einzige, was sie wollte, war meine Liebe und Loyalität. Ich hingegen brauchte nur die Flüssigkeit, die in ihr steckte. Doch ich konnte es ihr nicht verraten, sonst würde sie an gebrochenem Herzen sterben. Dann stände ich ohne Rohstoff da. Ich musste so tun, als hätte ich sie gezüchtet, um sie zu lieben.

Deswegen war ich nicht in der Lage auf mein Handy zu schauen, wenn sie dabei war. Um die neuen Beiträge und Bilder von Monica zu sehen oder mit ihr zu reden, bin ich immer zum Nachbarplaneten geflogen, damit die Blume nicht merkte, dass ich andere Pläne für sie hatte. Sie wollte immer in meinen Armen sein, wollte mich küssen und geküsst werden. Ich hingegen zählte nur die Minuten und Sekunden, wann diese Zeit endlich vorbei sein würde. Ich wollte sie nur abschneiden und zu Monica bringen. Das war das Einzige, woran ich dachte.

Die Blume ließ meinen Gedanken jedoch keine Minute. Dennoch biss ich die Zähne zusammen und heuchelte Interesse. Ich musste ja schließlich meine Fassade aufrechterhalten. Es war nun der dritte Tag und ich musste ihre Höhe messen, war jedoch nervös, denn ich wusste nicht, wie ich das unauffällig anstellen sollte. Ich tat so, als würde ich mich selbst messen wollen.

›Was machst du da?‹, fragte sie.

›Ich möchte wissen, wie groß ich bin‹, antwortete ich.

›Warum denn?‹

›Einfach so. Aus Neugier. Willst du nicht wissen, wie groß du bist?‹

›Doch, wieso nicht?‹

Es hatte funktioniert. Zum Glück war sie naiv genug sich freiwillig von mir messen zu lassen. Mit einem Grinsen stellte ich fest, dass sie genau die richtige Größe hatte. Jetzt war die Zeit gekommen, sie abzuschneiden und zu Monica zu bringen. Dann könnte ich wieder ungestört auf mein Handy schauen. Diese Farce wäre endlich vorbei.

›Wie groß bin ich denn?‹, fragte die Blume.

Ich antwortete ihr nicht, denn ich brauchte sie nicht mehr. Es war nun egal, was sie über mich denken würde. Nach kurzem Zögern nahm ich meine Schere in die Hand und ging auf sie zu. Sie wusste sofort, dass etwas nicht stimmte.

›Was hast du vor? Willst du mich etwa umbringen?‹

Sie hatte es mit einem lächelnden Gesicht gesagt, es nicht ernst gemeint und nur zum Spaß gefragt. Als ich ihr mit der Schere jedoch näherkam, fing sie an panisch zu werden.

Mit einem erstaunten Gesichtsausdruck und Augen, die immer größer wurden, wimmerte sie: ›Willst du mich wirklich töten? Was habe ich denn gemacht? War ich nicht nett zu dir? Habe ich zu viel geredet? Ich mache alles, was du willst. Lass mich bitte weiterleben! Ich möchte nur in deiner Nähe sein. Lass mich einfach nur bei dir bleiben! Ich verlange nichts weiter von dir.‹

Ich erklärte ihr mit aller Nüchternheit, dass ich kein Liebhaber, sondern ein Blumenzüchter war und dass ich die Flüssigkeit in ihr brauchte. Sie war entsetzt und drehte sich um. Senkte ihren Kopf. Ich sah die Tränen auf ihrem Gesicht.

›Ich war bereit dir mein Herz und meine ganze Liebe zu widmen und du willst so was Wertvolles mit Flüssigkeit tauschen. Ich wollte dir einen Teil meiner Seele geben und du willst mein … Ach, tu, was dich glücklich macht! Ich würde lieber sterben, als bei dir zu leben. Tu es!‹, schrie sie mich an.

Das verunsicherte mich. Was sollte ich denn jetzt nur tun? Ich hatte mir jahrelang Sorgen gemacht, ob das Schaf die Blume gefressen hatte, und jetzt sollte ich sie selbst töten? Dann stellte ich mir jedoch Monicas strahlendes Gesicht vor, wenn ich ihr die Blume überreichen würde. Wie sie mich umarmen würde. Bei dem Gedanken daran, konnte ich ihre Wärme spüren. Da schnitt ich die Blume, ohne zu zögern, mit eiskalter Entschlossenheit durch.«

An dieser Stelle brach der Prinz in Tränen aus. Er trank den Rest der Flasche leer und zündete sich eine weitere Zigarette an. Ich war verwirrt. Der kleine Prinz, der sich solche Sorgen um seine Blume gemacht hatte, hatte sie schließlich eigenhändig getötet. Wie sehr sich ein Mensch ändern konnte. Diese Geschichte beängstigte mich und warf in mir die unangenehme Frage auf, wie sehr ich mich selbst in meinem Leben verändert haben könnte. Hatte ich mich auch wie der kleine Prinz verwandelt? Wie habe ich gedacht, als ich zehn, zwanzig oder dreißig war, und wie denke ich jetzt?

Ich nahm mir vor, irgendwann tief in mich zu gehen: Wer war ich und was war aus mir geworden? Doch das war jetzt egal, denn ich musste dem Prinzen weiter zuhören, sobald er seine Zigarette zu Ende geraucht hatte. Ich war sehr gespannt auf den Rest der Geschichte und hatte meinen üblen Zustand bereits komplett vergessen.

Der Prinz fuhr mit seiner Geschichte fort: »Ich habe die Flüssigkeit, die aus ihr floss, sorgfältig in eine Schüssel gegeben und einen Deckel darauf gemacht. Dann nahm ich mein Handy zur Hand. Es gab viele neue Bilder und Videos, die ich nicht gesehen hatte. Jedoch musste ich zuerst Monica schreiben, dass wir die Blume nun hatten.

Sie war sehr erfreut über meine Nachricht und teilte mir mit, dass ich sofort abgeholt werde. Voller Vorfreude nahm ich die Flüssigkeit und vorsichtshalber auch die Blume mit, für den Fall, dass ihr Team vielleicht noch weitere Flüssigkeit aus der Blume entnehmen könnte. Hastig wickelte ich sie in ein Stück Stoff und ließ mich von Monicas Raumschiff mitnehmen.

An der Station erwartete mich ein Auto, welches mich zu Monica fuhr. Nach kurzer Zeit waren wir bei ihr vor der Tür. Nachdem ich mich tagelang mit dem Rohstoffabbau abgeplagt hatte, durfte ich endlich Monica wiedersehen. Nach kurzem Warten empfing sie mich herzlich. Sie trug ein strahlend weißes Top, welches eine lediglich ihrer Schultern schmeichelte, während die andere freilag, kombiniert mit Jeans, die mehr Loch als Hose waren. Sie umarmte mich und fragte sofort nach der Blume. Eine Gruppe von Chemikern war vor Ort, welche mir die Blume und die Flüssigkeit abnahmen.

Ich schlug Monica vor einen Gärtner einzustellen. Im Haus hatte ein sehr netter gearbeitet. Er hatte die ganze Arbeit im Garten allein verrichtet und kannte jede Pflanze. Ich erfuhr, dass er jeden Tag mit den Pflanzen redete, sie grüßte, sie fragte, was sie heute brauchten, und auf ihre Bedürfnisse einging. Er liebte seinen Job und die Pflanzen. Jede Blume war wie eine Influencerin für ihn. Doch auch er machte sich wie alle Menschen Sorgen um seinen Job. Er hatte Angst, dass er ihn verlieren könnte, weil es viele Menschen gab, die dasselbe befürchten. Möglicherweise war genau diese Angst der Grund dafür, weshalb er sich so viel Mühe mit den Blumen gab und ihnen mit Leidenschaft diente.

Ich teilte Monica mit, dass ich auf demselben Planeten wie sie und die anderen Mitarbeiter leben wollte. Ich hatte eine wichtige Rolle in diesem Projekt und forderte eine entsprechende Lebensqualität. Monica lachte und sagte, dass sie mir auch etwas Ähnliches vorschlagen wollte. Sie mussten einen Gärtner einstellen, der auf meinem Planeten die Blumen weiterzüchten würde, und ich sollte dieses Projekt leiten. Denn nach außen würde es komisch wirken, wenn sie sich so viel mit einem Blumenzüchter trafen. Ich musste also eine andere Position in diesem Projekt einnehmen. Der Gärtner würde mich morgen zu meinem Planeten begleiten. Dort sollte er wohnen und ich würde ihn lediglich besuchen, um ihm Anweisungen zu erteilen.

Jetzt hatte ich eine wichtige Position. Ohne mich lief dieses Projekt nicht. Jetzt hatte ich etwas in der Hand, um Monicas Herz zu erobern. Am nächsten Tag flog ich mit dem Gärtner nach B612. Ich zeigte ihm alles, gab ihm die Liste mit den Zahlen und erklärte ihm ausführlich, was für jede Blume zu tun war. Jetzt konnte mein neues Leben beginnen.«

9 Ein besseres Leben?

»Vorbei war es mit der Einsamkeit auf B612. Mir wurde eine eigene Wohnung auf Monicas Planeten gestellt. Sie hatte zwei Schlafzimmer und ein Wohnzimmer. Sonderlich groß war sie nicht, was mich jedoch nicht im Geringsten störte, denn die Nähe zu Monica war alles, wofür ich mich interessierte.

Wir vertieften unsere Zusammenarbeit. Sie nahm mich zu allen Versammlungen mit. Ich musste auch Vorträge über den Fortschritt unserer Landwirtschaft halten und Informationen darüber geben, wie der Stand unseres Unternehmens war und wie viel wir in der nächsten Zeit produzieren würden. Die zweite Produktionsphase mit der neuen Blume war mittlerweile fertig und wir brauchten Nachschub. Glücklicherweise schaffte es der Gärtner ein paar neue Blumen auf meinem Planeten zu pflanzen. So begannen wir mit einer neuen Produktionsphase. Monica war sehr zufrieden mit dem Verkauf und natürlich auch mit dem, was sie verdiente. Sie wurde jeden Tag reicher und berühmter. Jeder sprach über ihren Erfolg. Ihre Videos und Produkte waren überall zu finden.

Leider war ich immer noch unsichtbar für sie. Allmählich wurde mir klar, dass sie mich gar nicht mochte. Was uns verband, war nur die Arbeit. Doch das, was ich tat, konnte man nicht einmal mehr als Arbeiten bezeichnen. Der Gärtner war mittlerweile so ein Profi geworden, dass er mich gar nicht mehr brauchte. Jetzt wusste er viel mehr über die Blumen als ich. Ich hatte nichts zu tun, außer meine Einnahmen zu zählen.

So wurde mein Leben auf dem neuen Planeten genauso langweilig wie auf dem alten. Ich hatte genau dasselbe elende Gefühl wie damals, als ich von der Erde auf meinen Planeten zurückgereist war. Genau wie damals, als ich meine abgerissene Blume gesehen hatte. Jetzt hatte ich jedoch noch nicht mal einen Nachbarn, den ich besuchen konnte. Irgendwie musste ich Kontakt zu Menschen finden. Ein paar Freundschaften schließen. Dieses einsame Leben machte mich krank. Monica und ihre Freundinnen hatten sowieso kein Interesse an mir. Die wollten außerhalb der Arbeit keinen Kontakt zu mir. Weder Monica konnte ich vertrauen noch mir selbst. Schließlich hatte ich meine geliebte Blume getötet.

Monica hingegen war lediglich eine knallharte Geschäftsfrau. Sie war nur mit dem ganzen Marketing, dem Verkauf und den Produktvorstellungen beschäftigt. Ich dachte, mir würde es nichts bringen, wenn ich ihr hinterherliefe. So würde ich sie sogar verlieren. Andererseits, wenn ich ihr zeigen konnte, dass es Frauen gab, die etwas mit mir zu tun haben wollten, könnte ich vielleicht ihr Interesse an mir wecken. Also wendete ich mich wieder an dieselbe Lösung wie damals: Dating-Apps und Social Media.

Mich kannte niemand, obwohl das Produkt so berühmt war. Allerdings hatten Monica und das Team mich immer im Hintergrund gehalten. Das ganze Ansehen für die Produktion ging an andere. Ich hatte deswegen immer noch keine Follower, aber dafür mehr als nur einen leeren Planten. Mittlerweile besaß ich ein Haus, ein Auto und konnte jetzt sogar Bilder von mir im Fitnessstudio hochladen. Ich war davon überzeugt, dass es diesmal besser laufen würde. Und so war es auch. Nun interessierten sich ein paar Frauen für mich. Dummerweise hatte ich aber das Problem, dass ich nach ›Hallo, wie geht's dir?‹ und ›Was machst du beruflich?‹ nichts mehr zu sagen hatte.

Es war auch schwierig zu erzählen, was ich beruflich machte. Schließlich war meine einzige Leistung, neben einer einzigartigen Blume gelebt zu haben. Dennoch lernte ich langsam, wie man eine Unterhaltung begann und man Themen aussuchte, die für beide Seiten interessant waren.

Schließlich habe ich ein paar Mädels kennengelernt. Ich lud sie in die besten Restaurants ein und kaufte die teuersten Geschenke. Geld war mir egal, denn ich verdiente es, ohne zu arbeiten. Tagsüber hatte ich gar nichts zu tun und abends war ich feiern. Jeden Abend trank ich in den angesagtesten Bars. Meine Gefühle zu Monica verloren immer weiter an Bedeutung. Da waren Hunderte Frauen wie sie, die vielleicht sogar noch hübscher waren. Ich musste mir keine Mühe geben, um sie zu kriegen.

Wenn es mit Monica nicht geklappt hätte, wäre es mir also egal gewesen, denn nun gab es viele Frauen, die mit mir zusammen sein wollten. Jetzt hatte ich ein Vermögen und eine gute Position. Die Produktion lief. Geld floss auf mein Konto. Wenn ich mit Frauen redete, hatte ich keine Hemmungen oder Herzklopfen mehr. Ich konnte sie ansprechen und sie auf ein Getränk einladen. Es machte mir nichts mehr aus, wenn ich von einer einen Korb bekam.

Nichts war einzigartig. Alle Frauen waren gleich – die Gespräche, die Aktivitäten, die Geschmäcker, die Ziele, die Zukunftsperspektiven. Sie sahen sogar fast alle gleich aus. Die Wohnungen, die Schmuckstücke und auch alle anderen Dinge waren gleich. Es gab nichts Einzigartiges in diesem Universum. So was könnte man auch nicht erwarten. In einer Welt der Massenproduktion sind auch die Menschen nur Massenprodukte. Alle essen das Gleiche, wünschen sich das Gleiche, sehen das Gleiche, hören das Gleiche, lesen das Gleiche. Die Menschen werden jeden Tag mit den gleichen viralen Themen konfrontiert. Sie reden über das Gleiche und denken das Gleiche. Und sie fühlen das Gleiche.

In dieser Welt ist alles ein Produkt, selbst die Menschen. Deswegen sind die Zahlen so wichtig. Die Menschen haben wie alle anderen Produkte eine Seriennummer, die genau besagt, um was für einen Menschen es sich handelt. Diese setzt sich aus Folgendem zusammen: Alter, Postleitzahl, Kontostand und Tätigkeitsschlüsse. Wenn man diese Parameter kennt, kann man sogar die Gefühle des Menschen oder seine Lieblingsfarbe ermitteln. Deswegen interessieren sich die Erwachsenen nur für Zahlen, wenn sie einen Menschen kennenlernen möchten.

Nun war ich sehr lange nicht mehr auf meinem Planeten. Eigentlich war es auch gar nicht mehr meiner. Ich hatte keinen Bezug mehr zu ihm. Mein ehemaliger Planet war nun nichts mehr als meine Fabrik. Eine Fabrik, um Geld zu verdienen.«

Ich hatte keine freie Sekunde, um darüber nachzudenken, ob das, was der Prinz mir erzählte, stimmte oder nicht. Diese Veränderung – nein, das war keine Veränderung, sondern eine Umwandlung – war nicht zu fassen.

»Ich war gestern kurz auf meinem Planeten. Dort wird niemals wieder etwas blühen«, erzählte der kleine Prinz mit reuevoller Stimme.

»Wieso?«, fragte ich erstaunt.

Er trank einen Schluck aus seiner Wodkaflasche und plärrte: »Egal.«

»Erzähl weiter! Was ist dir danach passiert? Warum bist du so traurig? Alles ist doch gut gelaufen. Liegt es an deinem Planeten, dass nichts mehr blüht?«

»Ne, damit hat es nichts zu tun.«

»Was ist denn passiert?«, wollte ich wissen und der kleine Prinz führte seine Geschichte fort: »Die Lage veränderte sich nicht. Ich habe für eine Zahl auf meinem Konto weitergearbeitet und hatte fast keinen Kontakt mehr zu Monica. Wir waren nur zwei Arbeitskollegen. Ich bestand darauf, dass mehr Influencerinnen für dieses Produkt warben. Dies tat ich nur, um neue Frauen kennenzulernen. Ich war ein Arbeitgeber und konnte auswählen, wer für mein Produkt werben durfte. Wir waren die berühmteste Gruppe im Bereich der Kosmetik. Unsere Produkte kannten alle, die ein Handy hatten – egal, ob Mann oder Frau, egal, ob sie diese Produkte nutzten oder nicht. Die größten Kosmetikproduzenten bewunderten unseren Erfolg. Wir hatten in Kürze das erreicht, was sie in Jahren nicht geschafft hatten.«

TEIL 2

1 Ein harter Fall

Völlig überfordert mit den wilden Erzählungen des Prinzen, ließ ich mich in den nächstgelegenen Stuhl fallen. So ganz wollte ich seiner Geschichte nicht glauben. Der Prinz, den ich kannte, würde seinen Blumen niemals auch nur ein einziges Blatt krümmen. Es schien so, als hätte sich mein Idol in einen weiteren komischen Erwachsenen verwandelt. Jedoch weckten die Tränen in seinen Augen meine Hoffnung. Vielleicht empfindet er ja Reue und ist deshalb so traurig. Neugierig und mit vorsichtigem Optimismus, beschloss ich ihm weiter zuzuhören.

»Es war ein großer Fehler. Ich werde es mir nie verzeihen. Damals hätte ich nicht diesen Gärtner einstellen dürfen. Eines Tages hat er mich, während ich auf einer Kosmetikmesse unsere neuen Zahlen präsentierte, ganz aufgeregt angerufen. Er teilte mir mit zitternder Stimme mit, dass er Gefühle für die Blumen entwickelt hatte und sich deswegen weigern würde sie weiterhin abzuschneiden und mir die Ware zu liefern.

Seine Aussage machte mich ganz wütend. ›Was ist das denn für ein Quatsch? Du bist da, um Blumen zu züchten. Nicht, um dich zu verlieben. Schneide sofort alle Blumen ab. Wir kommen bald, um sie abzuholen. Wenn du so weitermachst, verlierst du deinen Job. Es gibt genug Gärtner in diesem Sonnensystem«, machte ich ihm deutlich. In seiner völligen Verzweiflung lenkte er schließlich ein. Wir hatten noch genug Blumen für die Produktion, deswegen musste ich in dem Moment nicht großartig darüber nachdenken, ob er sie nun abgeschnitten hatte oder nicht.

Ein paar Wochen gingen vorüber. Ich dachte, der Gärtner hätte zu lange allein auf diesem Planeten gewohnt und seinen Verstand verloren, deswegen hatte ich ihn bei unserem letzten Gespräch gar nicht ernst genommen. Bis mich eines Tages Monica anrief und meldete, dass wir bald keine Blumen mehr haben würden und die Produktion abbrechen müssten. Sofort rief ich den Gärtner an, um ihn zur Rede zu stellen. Ich war völlig entsetzt, denn er ging nicht an sein Telefon. Zwei lange Tage habe ich versucht ihn zu erreichen, aber er ist nicht rangegangen.

Monica setzte mich derweilen sehr unter Druck. Wir standen kurz davor, die Produktion abzusetzen. Dabei hatten wir viel Konkurrenz. Eigentlich durften wir die Produktion nicht verringern, geschweige denn unterbrechen, sonst hätte der Markt uns einfach überholen können. Ich hatte keine Wahl, ich musste mich auf den Weg nach B612 machen und die Blumen selbst holen.

Dort angekommen, sah ich den Gärtner völlig verliebt neben einer Blume sitzen. Er hatte sie in den Armen. Zwar konnte ich nicht hören, was sie sagten, aber wie es aussah, tauschten beide liebevolle Worte miteinander aus. Ich war so wütend, dass ich ihn auf der Stelle verprügeln wollte.

Schnurstracks ging ich mit geballten Fäusten auf ihn zu und schrie ihn an: ›Warum hast du die Blumen nicht geliefert? Was machst du hier? Du wirst nicht bezahlt, um dich hier mit deiner Liebe zu vergnügen. Du bist hier, um zu arbeiten. In diesem Monat bekommst du keinen Cent von mir. Die ganzen Fahrtkosten musst du auch übernehmen!‹

All meine Worte hatten jedoch keinen Einfluss auf ihn. Er schien nicht enttäuscht oder sogar erschrocken zu sein, so als ob ihm alles egal wäre. ›Du fasst hier keine Blumen an‹, mahnte der Gärtner.

›Was? Wer bist du, mir vorzuschreiben, was ich zu tun habe? Das hier ist mein Planet‹, erwiderte ich aufgebracht.

›Dieser Planet gehört demjenigen, der für ihn nützlich ist‹, tönte die Blume mit belehrender Stimme.

Diese Aussage erinnerte mich wieder an den Geschäftsmann. Damals hatte ich es seltsam gefunden, dass er so
viele Sterne besaß, aber nichts Nützliches für sie getan hatte.
Ich habe ihm damals gesagt, dass ich nur einen kleinen Planeten besitze, aber für ihn nützlich bin. Jetzt erlebte ich fast
die gleiche Situation, mit dem Unterschied, dass ich diesmal
der Meinung des Geschäftsmannes war.

Die Blume fuhr fort: ›Du bist für diesen Ort nutzlos! Hier
gehört dir gar nichts. Du hast hier nur eine Weile gewohnt,
weil du nützlich warst, und jetzt ist es vorbei.‹ Alle anderen
Blumen stimmten ihr zu.

Ich war genervt, zog eine Schere hervor und fing an alle
Blumen zu schneiden. Der Gärtner versuchte mich aufzu-
halten. Voller Rachgier überlegte ich mir seiner Lieblingsblume den Garaus zu machen, um ein Zeichen zu setzen. Er
warf sich jedoch vor sie, um sich zu opfern. In blinder Wut,
schnitt ich stattdessen alle anderen Blumen ab, um Ihm einen Denkzettel zu verpassen. Der Gärtner konnte mir dabei
nur zusehen und brach in Tränen aus. Ich drohte ihm, dass
wenn er uns nicht mit den Blumen versorgte, das nächste
Mal seine Lieblingsblume an der Reihe sein würde. So etwas durfte nie wieder passieren.

Wegen des Gärtners hatte ich Stress mit allen Beteiligten
im Projekt. Sie hätten beinahe die Produktion gestoppt. Am
Abend lud ich ein paar Gäste ein, um mich mit guter Gesellschaft abzulenken und meinen Ärger mit ein paar Drinks
hinunterzuspülen. Wir tranken Cocktails und tanzten zusammen zu ausgelassener Musik. Eine Weile lang lebten
wir den Moment und vergaßen ausnahmsweise die digitale
Welt. Als wir später den Abend ausklingen ließen, nahmen
jedoch alle wieder wie gewohnt ihr Smartphone in die

Hand, um zu schauen, was sich in der Zeit verändert hatte. Dabei sorgte eine Nachricht ganz besonders für Furore.

Ein Video von mir war in den Highlights gelandet, das zeigte, wie ich die Blumen des Gärtners abgeschnitten hatte. Ich sah dabei aus wie ein Wolf, der eine Schafherde abschlachtete. Sofort rief ich Monica an. Völlig außer sich beteuerte sie: ›Wir werden alles verlieren. Wir sind ruiniert. Keiner wird jemals wieder unsere Produkte kaufen. Ab jetzt gehen wir getrennte Wege.‹

Wochenlang kursierte das Video im Internet. Wir erlebten einen Shitstorm wie kein anderes Unternehmen in dieser Welt. Das Leiden der Blumen wurde für die Gesellschaft zur Herzensangelegenheit. Breite Teile der Bevölkerung fingen nun an kommerzielle Blumenhaltung zu verurteilen und pflanzliche Produkte zu boykottieren. Unsere erfolgreichen Kosmetikprodukte wurden über Nacht zu Ladenhütern. Monica änderte den Content ihres Profils, veröffentlichte nur noch Trainingsvideos und arbeitete auf einmal als Personal Trainerin. Alle anderen Videos löschte sie.

Ich verlor mein ganzes Geld und war wieder komplett auf mich allein gestellt. Ich hatte keine Freunde mehr. Obwohl, Freunde hatte ich nie besessen. Die, die um mich herum gewesen waren, hatten meine Gesellschaft nur wegen des Geldes und des Spaßes genossen, nicht wegen mir. Sobald ich pleite war, verließen sie mich alle. Sogar meine Wohnung habe ich verloren und musste nachts im Park schlafen.

In meiner Verzweiflung wandte ich mich an Monica. Sie wollte mich zwar nicht mehr sehen, hatte aber Mitleid mit mir. Sie verwies mich auf die Anwälte unserer Firma. Diese sollten prüfen, ob mir noch etwas Geld zustand. Ich hatte keine andere Wahl, als dem nachzugehen, denn ich hatte nun weder Geld für ein Hotel noch einen Planeten und hier konnte ich auch nicht mehr bleiben. Die Anwälte haben mit mir stundenlang über Gesetze und bestimmte Klauseln im Vertrag gesprochen und speisten mich am Ende mit einem kleinen Scheck als Trostpflaster, mit welchem ich nicht einmal einen Monat über die Runden kommen konnte, ab.

Zu arm für ein Dach über dem Kopf, habe ich die Nächte auf der goldenen Wiese von damals verbracht. Ich verbrachte die Zeit allein und war völlig verwundert, als ich eines Abends eine Stimme hörte. Sie kam mir bekannt vor.

›Was ist denn los mit dir?‹, fragte sie mich. Ich erkannte sie und freute mich. Es war der Fuchs.

›Hey, schön, dass ich doch noch jemanden kenne!‹, antwortete ich.

›Was ist dir denn widerfahren? Ich dachte, du wärst reich. Wie bist du von den ganzen Promi-Partys hier gelandet?‹, wollte der Fuchs wissen, und ich erzählte ihm, was passiert war.

›Die Lösung ist doch sehr einfach‹, antwortete der Fuchs mit einem Grinsen.

›Ach ja? Was soll ich nur machen? Ich bin ruiniert. Alle haben mein Video gesehen.‹ Während mich früher niemand auf dem Mars gekannt hatte, hielten mich dort nun alle für ein Monster.

›Das ist egal. Die vergessen das bald wieder. Jede Woche verursacht ein neuer Promi einen neuen Skandal. Die Menschen können doch nicht alles im Kopf behalten. Was du jetzt brauchst, ist eine geniale Idee, die deinen Fehler wieder gutmacht.‹«

2 Ein ausgefuchster Plan

»»Weißt du was? Jetzt ist die Zeit, die aufgekochten Emotionen der Menschen auszunutzen. Du hast keine Blumen mehr und kannst nichts produzieren. Dafür hast du aber noch Kontakt zu Influencerinnen. Du kannst sie darauf ansprechen, dass sie für uns Werbung machen sollen.‹

›Werbung wofür?‹

›Für eine wohltätige Organisation gegen den Mord von Blumen für Kosmetik und der Fuchsjagd für Pelze.‹

›Was haben wir mit so einer Organisation zu tun?‹

›Wir sind die Gründer. Schau mal, viele Menschen sind jetzt emotional berührt wegen deines Videos. Diese Emotionen können wir zu Geld machen. Wenn du die Wahrheit wissen willst: Es gibt überhaupt keine Organisation. Wir brauchen nur ein Bankkonto. Ich habe eine sehr gute Idee. Alles würde perfekt laufen, sollte mein Onkel heute Abend sterben.‹

›Was sagst du denn da? Was hat das mit deinem Onkel zu tun?‹

›Wir können ihn dafür nutzen, um Emotionen zu wecken. Er ist schwer krank und stirbt bald. Wir benötigen ein Foto von ihm und ein Bankkonto. Alles wird wieder gut. Du wirst wieder so erfolgreich sein wie vorher und ich werde ein Held sein für meine zukünftigen Enkelkinder, genau wie mein Opa. Sie werden Jahre nach meinem Tod noch davon erzählen, wie ich Leute abgezockt habe. Aber wir müssen uns jetzt auf den Weg machen.‹

Wir gingen zusammen zu seinem Onkel. Er war tatsächlich schwer krank. Gedankenversunken setzte ich mich auf einen Stein. Völlig verwirrt grübelte ich darüber, was der

Fuchs wohl im Schilde führen könnte und wofür wir genau ein Foto seines Onkels brauchten.

Plötzlich unterbrach der Fuchs meine Gedanken mit einem Schrei: ›Wir haben es!‹

Ich sprang hoch und rannte zu ihm. ›Was ist denn los? Was ist passiert?‹, fragte ich.

Der Onkel war gestorben. Bis auf meinen Freund den Fuchs waren alle voller Trauer. ›Wir beide werden ihn später begraben. Du musst aber aufpassen. Keiner darf uns folgen. Wenn es doch einer versucht, musst du ihn irgendwie davon abhalten‹, wies mich der Fuchs an. Ich hatte zwar immer noch keine Ahnung, was er vorhatte, aber ich habe ihn unterstützt.

Auf der Wiese fanden wir eine gute Stelle zum Graben. Nachdem ich den Leichnam dort abgelegt hatte, teilte der Fuchs mir mit, dass er noch nach etwas suchen müsste und stahl sich davon. Ich grub ein großes Loch und wollte den Onkel schon hineinwerfen. Doch da rief der Fuchs hektisch: ›Ne, ne, ne, ne! Noch nicht. Wir brauchen ein Foto.‹ Er kam mir mit einem großen Stein entgegen. ›Es muss so aussehen, als hätten ihn Jäger getötet. Das muss dramatisch rüberkommen. Wir müssen mit dem Stein seinen Kopf zertrümmern.‹ Ich war angewidert von dieser Idee, habe mich aber nicht dagegengestellt.

Als wir fertig waren, konnte ich den Leichnam nicht mehr ansehen. Es war ein abartiges Bild. Der Fuchs machte ein Foto und wir begruben den Onkel.

›Jetzt haben wir, was wir brauchen. Wir haben ein Foto und ein Bankkonto. Nun müssen wir Folgendes machen: Wir überreden einige Influencerinnen dieses Bild zusammen mit einem Bild von einer Blume zu posten. Dazu müssen sie ›Save Foxes and Flowers‹ in ihre Bildbeschreibung schreiben. Sie notieren unser Bankkonto dazu, damit die Menschen Geld spenden können. Letztendlich nehmen wir das Geld und verschwinden.‹

Nach kurzem Überlegen äußerte ich meine Bedenken: ›Der Plan klingt ziemlich riskant. Ich will gar nicht wissen, was mit uns passieren wird, wenn auch nur eine Sache schiefläuft und wir auffliegen!‹

›Wenn wir erwischt werden, passiert gar nichts. Statt hier auf der Wiese zu schlafen, schläfst du im Gefängnis. Dort ist es wärmer und es gibt was zu essen. Du verlierst nichts.‹

›Ich brauche aber einen Anzug, muss duschen und mich ein bisschen frisch machen, sonst kann ich nicht mit den Influencerinnen reden. Ich habe jedoch keinen Cent. Wir brauchen Geld.‹

›Alles klar. Wir verdienen morgen genug Geld für einen Anzug.‹

›Wie denn?‹

›Hier auf der Wiese. Aber jetzt versuch ein bisschen zu schlafen. Wir haben morgen viel zu tun.‹

Am nächsten Tag, als ich halb wach war, hörte ich, wie der Fuchs hin- und herlief, als ob er wieder etwas suchte. Ich öffnete meine Augen und genau, als ich aufstehen wollte, flüsterte der Fuchs: ›Versteck dich irgendwo.‹

Völlig ratlos habe ich mich sofort irgendwo versteckt. Aus meinem Versteck beobachtete ich, wie der Fuchs jemandem entgegenging. ›Kannst du mich zähmen?‹, fragte er jenen. Irritiert beobachtete ich das Spektakel.

›Kannst du mich zähmen?‹ wiederholte der Fuchs das Gesagte bei einem anderen Fußgänger.

Dieser erwiderte: ›Was meinst du?‹

›Schau mal, die Weizenfelder. Die haben keine Bedeutung für mich, aber wenn du mich zähmst, wird mich ihre goldene Farbe an dich erinnern‹, schwärmte der Fuchs.

Ich sah mit eigenen Augen, wie mein Weltbild auf den Kopf gestellt wurde. War das wirklich nur ein Versuch, um jemanden zu beklauen? Der Fuchs setzte sich neben den Mann. Er gab ihm sogar etwas zu trinken. Und da fiel es mir ein – der Fuchs hatte mir damals auch etwas zu trinken gegeben. Der Fremde schlief ein, und der Fuchs durchsuchte ihn. Schließlich kam er mit genug Geld wieder zu mir zurück.

›War das immer schon nur ein Manipulationsversuch gewesen?‹, fragte ich.

›Was denn? Die Masche mit dem Zähmen?‹, fragte der Fuchs und brach in Gelächter aus. ›Sei nicht enttäuscht. Es ist egal, von wem du was lernst, wichtig ist, was du lernst. Du hast von meinem Opa etwas Gutes gelernt. Das ist schon mal ein Anfang. Aber ja, so hat er sein Geld verdient. Bis jetzt habe ich ihn für einen großen Helden gehalten, aber jetzt ist er für mich der größte Held im ganzen Universum.

Er hat es geschafft, dich so reinzulegen, dass du Jahrzehnte lang etwas Falsches geglaubt hast. Mein Opa hat mit diesem Satz Millionen gemacht. Kannst du mich zähmen?‹ Er lachte weiter. ›Er hat vorgegeben einen Freund zu suchen und hat die Leute so reingelegt. Wenn sie geschlafen haben, hat er ihr Geld geklaut und ist weggerannt. Jedoch wurde er irgendwann erwischt. Er hat seine Netze im falschen Gewässer ausgeworfen. Ein Pelzschmuggler kam ihm auf die Schliche. Und das war das Ergebnis: Jetzt sitzt er auf dem Kopf einer Frau. Er war ein richtiger Held. Sogar nach seinem Tod sitzt er wie eine Krone auf dem Kopf eines reichen Menschen‹, erklärte er weiter.

Ich war völlig verwirrt. Als Kind habe ich also einen Dieb für einen Lehrer gehalten, der mir das Wichtigste im Leben beigebracht hat, und jetzt erfuhr ich die Wahrheit über ihn. Er hatte nur versucht mein Geld zu klauen. Er hat bestimmt auch mich durchsucht, nachdem ich eingeschlafen war, aber mit Sicherheit nichts gefunden. Interessant, wie das Leben enden kann. Im besten Fall wird man gehäutet, um auf dem Kopf eines Menschen zu sitzen.«

3 Ein neues Monster

»Nachdem der Fuchs seine Diebestour beendet hatte, besaßen wir genug Geld, um einen billigen Anzug zu kaufen. Der Anzug saß zwar mehr schlecht als recht, aber immerhin konnte ich mich wieder in der Öffentlichkeit zeigen. Wir waren also dafür bereit, die Influencerinnen aus meiner Kontaktliste abzuklappern.

Wir besuchten zuerst die Frau, die ich gedatet hatte, bevor das berüchtigte Video viral gegangen war. Ich hoffte darauf, dass sie noch etwas für mich empfinden würde und damit ein leichtes Ziel für uns wäre. Als sie mich jedoch sah, schlug sie die Tür zu und weigerte sich sie noch einmal zu öffnen. Enttäuscht kehrte ich zum Fuchs zurück.

Ich wollte ihm davon erzählen, was passiert war, aber er preschte sofort vor: ›Du brauchst kein Wort zu sagen, dein Gesicht spricht für sich. Aber keine Sorge, ich habe auch hierfür eine Lösung. Ich weiß, wer den Job erledigen würde.‹

›Wer denn?‹, fragte ich.

›Monica‹, antwortete der Fuchs.

›Was? Bist du verrückt? Sie macht das niemals.‹

›Sie möchte das nicht machen. Das ist klar. Aber sie muss es.‹

›Warum denn?

›Du hast lange mit ihr gearbeitet und hast bestimmt einen Film oder ein Foto von ihr, für welches sie bereit wäre alles zu tun, damit es von niemandem gesehen wird.‹

Jetzt verstand ich, wovon er redete. Aufgeregt zog ich das Foto, welches mir Monica bei unserem ersten Treffen gegeben hatte, aus der Tasche. Ich könnte sie mit dem Bild als eine Blumenpflückerin bloßstellen und so ruinieren.

Dieser Plan – unabhängig vom Geld – motivierte mich, weil ich wieder Macht haben könnte. Ihre Karriere wird wieder von mir abhängen. Bis an das Ende ihrer Laufbahn würde ich sie damit erpressen.

›Wir machen Folgendes, du schickst ihr das Bild und schreibst dazu einen bedrohlichen Text: ›Wenn du nicht willst, dass dieses Bild bald im Internet kursiert, komm zu dieser Adresse.‹‹

Ich folgte der Anweisung des Fuchses und war sehr gespannt, wie Monicas Reaktion und ob sie kommen würde oder nicht. Irgendwann las sie die Nachricht, schrieb aber nichts zurück. Würde sie wirklich kommen? Oder würde sie meine Drohung ignorieren? Was sollte ich dann nur tun? Das Bild einfach so zu veröffentlichen würde mir rein gar nichts bringen. Ich müsste immer noch auf der Wiese schlafen. Jetzt hieß es abwarten. Der Fuchs war zwischenzeitlich wieder bei einem neuen Fußgänger mit seiner Masche zugange. Diesmal versuchte er seinen Trick auf einem neuen Planeten. Ich legte mich kurz hin und schlief ein.

Nach einer Weile weckte mich der Fuchs wieder auf. Monica war tatsächlich gekommen. Sie hatte sich entschieden zu kooperieren, statt ruiniert zu werden. Nervös ging ich auf sie zu. Sie war wütend und entsetzt.

›Was willst du von mir?‹, fragte sie mich.

›Ich kann nicht dasitzen und akzeptieren, dass ihr mich im Stich gelassen habt. Alles, was passiert ist, haben wir zusammen zu verantworten. Wir haben alles gemeinsam entschieden, aber ich bin der Einzige, der alles verloren hat. Sogar meine Blumen und meinen Planeten habe ich verloren. Ich möchte, dass du etwas für mich machst. Du musst einen

Beitrag posten, nur für einen Tag. Danach ist Schluss‹, erklärte ich ihr.

Monica starrte mich mit einer nie dagewesenen Abscheu an. Sie blieb einen Moment lang völlig still. Ich hatte den Eindruck, dass ich sie genug eingeschüchtert hatte, sodass sie einknicken und mir ohne Widerworte gehorchen würde. Doch nach einem tiefen Atemzug antwortete sie mir mit zitternder Stimme: ›Was ist nur aus dir geworden? Sieh dich mal an! Du warst damals so ein netter Kerl. Ich dachte, dass du anders wärst als die anderen Erwachsenen. Du warst so sympathisch. Ich wollte dich von deinem kleinen Planeten holen, um dir die Welt zu zeigen. Eine Welt, in der du die Möglichkeit hast, dich weiterzuentwickeln und neue Leute kennenzulernen. Das hat ein Monster aus dir gemacht. Ich werde dich niemals bei deinem Plan unterstützen. Du kannst das Bild ruhig überall veröffentlichen. Ich werde dazu stehen. Geh eine Zeit lang zurück zu deinem Planeten und denk drüber nach, was du hier eigentlich machst und was aus dir geworden ist.‹

Monica kehrte mir den Rücken und verschwand. Völlig überfordert mit der Situation, brach ich zusammen. Mein Kopf wurde mit den verschiedensten Gedanken geflutet und es war mir eine Zeit lang nicht möglich, auch nur einen einzigen von ihnen zu verarbeiten.

Als ich mich wieder halbwegs gefangen hatte, realisierte ich, dass ich an meinem absoluten Tiefpunkt angelangt war. Ohne Ziel vor Augen und von mir selbst angewidert, lag ich auf dem Boden und dachte darüber nach, eine Weile zurück zu meinem Planeten zu gehen, wie es Monica vorgeschlagen hatte. Angetrieben von Schuldgefühlen, habe ich mir überlegt, statt Erpressung und Betrug wirklich eine Organisation gegen das Töten von Blumen und Füchsen zu gründen. Wie aber sollte so eine Organisation aussehen? Wie könnte ich Blumen und Füchse beschützen? Da kam ich plötzlich auf eine Idee: Vielleicht könnte ich mit dem Gärtner gemeinsam meinen Planeten zu einem Naturschutzgebiet ernennen. Dann würde ich auch wieder nützlich für meinen Planeten werden und ich könnte ihn zurückgewinnen.

Auf dem Planeten angekommen, sah ich den Gärtner bei einer anderen Blume als damals. Sie klammerten sich aneinander. In der Sekunde als er mich sah, sprang er sofort auf, um mich anzugreifen. Ich erklärte ihm jedoch, warum ich hier war, weswegen er von seinem Vorhaben abließ. Es überraschte mich aber, dass nun eine andere Blume in seinen Armen lag. Die Blume von damals, die im Mittelpunkt gestanden hatte, war nun einsam und verletzt. Der Gärtner hatte sich sehr verändert. Damals, als ich angefangen hatte mit ihm zu arbeiten, war er ein sehr freundlicher und einfacher Mensch gewesen. Jetzt aber, nachdem er Macht hatte und viele um ihn herum waren, die ihn liebten, hatte er seinen Charakter verloren. Er war ein hochnäsiger Egoist geworden.

Nachdem ich ihm von meinem Plan erzählt hatte, lachte er mich aus. Er meinte, dass ich so was woanders machen sollte und sogar alle Blumen mitnehmen könnte, aber vorher müsste ich ihm eine neue Art bringen. ›Ich habe diese Blumen satt, bring mir neue, dann kannst du die alten haben‹, lachte der Gärtner abfällig. Früher war er ein Blumenliebhaber gewesen, doch nun betrachtete er sie als Beute, mit der er sich vergnügen konnte. Sie waren nur sexuelle

Opfer für ihn. Er sah sie als Prostituierte und mich als einen Zuhälter, der ihm die neue Ware bringen würde.

Ich bat ihn um die Erlaubnis, mit der Blume zu reden, die früher immer im Mittelpunkt gestanden hatte. Er hatte kein Problem damit, also ging ich zur Blume. Anfangs drehte sie sich von mir weg und wollte nicht mit mir reden. Doch ich ignorierte ihr abweisendes Verhalten.

›Du scheinst sehr unglücklich zu sein‹, sagte ich mit besorgter Stimme.

›Er ist fremdgegangen‹, erwiderte sie.

›Du hättest ihm nicht vertrauen sollen.‹

›Wem sollte ich denn vertrauen? Dir? Damit du Make-up-Paste, oder wie das auch immer heißt, aus mir machst?‹

›Wieso lässt du überhaupt zu, dass ein Gärtner dir vorschreibt, was du zu tun hast? Das ist dein Planet, aber er hat ihn für sich beansprucht. Er vergnügt sich jeden Abend mit einer anderen Blume. Du musst kämpfen, um das zurückzubekommen, das dir gehört. Hast du denn gar kein Rückgrat?‹

›Doch, natürlich. Ich möchte meinen Planeten wieder zurückhaben. Du hast recht. Jetzt ist die beste Zeit dafür. Wir brauchen einen Plan. Du kennst die Blumen hier nicht, aber ich kenne sie alle. Du musst sehr unauffällig vorgehen. Das nächste Mal, wenn du kommst, bring irgendein Gift, welches wir ihm in sein Essen mischen können.‹

›Wieso das nächste Mal? Wir können es gleich beenden. Weißt du, wo die Schere ist?‹

›Er hat sie versteckt. Aber selbst wenn du sie hättest, wäre es unmöglich. Mit der Schere kannst du nichts mehr ausrichten. Hier gibt es viele dumme Blumen, die dich sofort verpfeifen würden, wenn sie eine Schere in deiner Hand sehen würden, nur um einen Platz bei ihm zu haben.‹

›Das ist egal. Ich weiß, wie ich es schaffen kann. Sag mir nur, wo die Schere ist‹, antwortete ich. Genau in diesem Moment kam er in unsere Richtung, und wir verfielen sofort in Schweigen. Ich konnte den Zorn in seinen Augen sehen. Sein Blick hatte mir wirklich Angst eingejagt.

Er stellte sich hinter die Blume. ›Was hat sie dir erzählt?‹

Ich war völlig sprachlos. Die Blume schloss ihre Augen und Lippen und zitterte.

›Was hat sie dir erzählt?‹, fragte er noch einmal.

Ich log: ›Gar nichts. Nur das Übliche.‹

Plötzlich zog er die Schere hervor und mit einer wilden Bewegung schnitt er die Blume ab. Tränen stiegen mir in die Augen, obwohl ich früher einmal dasselbe gewollt hatte. Entsetzt sackte ich zu Boden.

Der Gärtner schrie wütend: ›Schnell weg da. Verschwinde hier! Du musst mir bald neue Blumen bringen, sonst werde ich hier alles verwüsten. Ich vergifte deinen Boden, damit hier niemals wieder eine Blume wachsen kann. Eine Woche gebe ich dir, dann müssen die Blumen hier sein. Ich habe diese alten Dinger satt. Die will ich nicht mehr.‹

Bei dem Gedanken an die neuen Blumen lief ihm das Wasser im Mund zusammen.«

4 Der tote Planet

»Nach so vielen Plänen, die ich für die Zukunft geschmiedet hatte, musste ich jetzt als Zuhälter für den Gärtner arbeiten. Innerhalb einiger Tage hatte ich genug Blumen gefunden. Ich bereitete sie gegen meinen Willen vor, um sie zum Gärtner zu bringen, denn ich wusste, dass sie keine schöne Zeit auf meinem Planeten erwarten würden. Aber ich hatte keine Wahl.«

An dieser Stelle schlief der Prinz ein. Wir waren schon im Hotel. Obwohl ich keine Sekunde mehr warten wollte den Rest zu hören, entschied ich mich dazu, ihn in Ruhe schlafen zu lassen. Während auch ich versuchte einzuschlafen, dachte ich wieder daran, wie sehr man sich verändern konnte. Ein Mensch, der selbst die Blumen als Rohstoff betrachtet hatte, wurde zum Blumenretter, und ein Mann, der die Blumen zuvor retten wollte, wurde zu einem Mörder. Wie kommen diese Veränderungen zustande?

Wohlmöglich dadurch, dass das Leben und die Ziele, die man sich setzt, einen wie eine starke Strömung mitreißen. Sie nehmen dir deine Entscheidungsfähigkeit. Du musst das tun, was die Strömung von dir verlangt. Du musst in die Richtung gehen, die sie dir vorgibt, falls du nicht gewappnet bist. Um dies zu vermeiden, musst du dich für einen klaren Weg entscheiden. Am Anfang dieses Weges musst du für dich Regeln festlegen. Wie weit willst du gehen, um dein Ziel zu erreichen? Du musst wissen, was deine Grenzen sind. Wenn du keine Regeln für dich aufstellst, wird es die Strömung für dich erledigen. Und ihre Regeln sind brutal. Sie können einen Menschen in ein Monster verwandeln. Ihre Regeln haben aus dem Prinzen, der sich sein

ganzes Leben um eine Blume gesorgt hat, einen Mörder gemacht. Dieser Mörder hat nichts mit dem Menschen zu tun,
der er einmal war. Genau wie in einem Horrorfilm besetzt
die Strömung den Körper des Menschen wie ein Dämon
und macht ihn zu einem Mörder. Sobald sie wieder schwä-
cher wird, kommt der Mensch wieder zu sich. Der Dämon
verschwindet, und der Prinz ist nicht länger ein Mörder. Er
kann wieder klar denken und realisiert, dass er eigentlich
ein Held und kein Monster sein wollte. Nun stelle ich mir
vor, wie viele Dämonen ich sehe, wenn ich morgens aus der
Wohnung gehe. Menschen, die selber nicht wissen, dass sie
besessen sind. Das ist ein schreckliches Bild.

Unsere Lebensregeln können nicht vom Staat gesetzt
werden. Er kann nur festlegen, was strafbar ist. Aber nicht
alle schlechten Taten sind strafbar. Jemandem das Herz zu
brechen ist keine Körperverletzung. Vielleicht hat man deswegen die Religion erfunden, um diese Regeln einmal für
alle zu definieren. Aber selbst der Religion gelingt dies
nicht. Die Strömung schafft es sogar, ihre Regeln zu ändern.
Sie definiert die Religionsregeln, wie sie möchte, und so
wird Religion plötzlich zu einer Waffe, die die Bösen gegen
die Guten einsetzen können.

Am nächsten Tag haben wir im Zimmer gefrühstückt.
Der kleine Prinz wollte nicht rausgehen, bevor es dunkel
wird. Wir sind auf die Terrasse gegangen, wo wir einen
schönen Blick auf das Meer genossen. Ich habe gewartet,
dass er anfangen würde den Rest zu erzählen. Er hat aber
nichts gesagt, deswegen haben wir stundenlang schwei-
gend dagesessen.

Plötzlich lachte er und begann wieder zu erzählen: »Ich
habe ihn unterschätzt«, sagte der Prinz.

»Wie denn unterschätzt?«, fragte ich.

»Ich konnte es nicht mit meinem Gewissen vereinbaren, ihm unschuldige Blumen auszuhändigen. Eine andere Lösung musste her. Ich brauchte einen Plan, um ihn zur Strecke zu bringen. Also wandte ich mich an den Fuchs.

Dieser musterte mich eine Weile lang und offenbarte mir nach einiger Zeit: ›Du kannst ihn nicht umbringen. Stattdessen musst du ihn dazu bringen, dass er sich selbst umbringt.‹

›Wie denn?‹, fragte ich

›Wir brauchen eine sehr schöne Blume mit einer ansteckenden Krankheit, die wir ihm übergeben. Dann hat sich die Sache erledigt‹, erklärte der Fuchs.

Warum war ich nicht selbst auf diese Idee gekommen? Er hatte recht. So würde ich ihn auslöschen können, ohne mir selbst die Hände schmutzig zu machen. ›Kennst du so eine Blume?‹, fragte ich den Fuchs.

›Ja klar, auf dieser Wiese gibt es viele davon. Die Auserwählte wird sich bestimmt freuen, dass sie eine große Gruppe von Blumen retten kann.‹

Der Fuchs fand eine todkranke Blume. Wir gaben ihr den Auftrag, den Gärtner anzustecken und so zu töten. Sie wusste, dass er viele Blumen gefangen genommen hatte. Sie sagte zu, wollte ihr Leben mit etwas Positivem abschließen. Also brachten wir sie mit ein paar anderen Blumen nach B612.

Die Tage vergingen und ich wusste nicht, was mit dem Gärtner passiert war. Nach zehn Tagen bin ich wieder zu ihm gereist und fand den Planeten leer vor. Keine Blumen, kein Gärtner. Er hatte ihn tatsächlich in eine Wüste verwandelt. Ich sah nichts außer toter Erde und fragte mich, wo er all die Blumen hingebracht hatte.

War diese Erde nun wirklich nicht mehr fruchtbar? Ich habe überall nach Keimen gesucht und keine gefunden. Der Boden hatte sich komplett verändert. Er war wohl vergiftet worden. Mir wurde klar, dass auf diesem Planeten niemals wieder etwas wachsen würde. Aber wie hatte er es bemerkt? Woher hatte er gewusst, dass die Blume schwer krank war? Vielleicht hatten sie sich gekannt. Vermutlich hatte der Gärtner alle Blumen getötet und vergnügte sich jetzt mit einer neuen. Oder er hat sie alle zu einem anderen Planeten gebracht. Ich entschied mich dazu, vorerst mit dem Fuchs zur Erde zu reisen, um mich neu zu ordnen.

Die Tage waren sich sehr ähnlich. Ich ging spazieren und genoss die Natur. Beobachtete, wie der Fuchs die Fußgänger beklaute, und dachte dabei unentwegt, wie ich die Dinge ändern und ein neues Leben aufbauen könnte.«

5 Der Abschied

Jetzt wusste ich alles über ihn. Wusste, was mit der Blume passiert war und was er durchgemacht hatte. Eine sehr traurige Geschichte, aber meine Neugier war gestillt. Ich hatte kein Thema mehr, worüber ich mich mit ihm unterhalten wollte. Wer hat denn schon Lust, sich mit einem Alkoholiker zu unterhalten?

»Hast du Alkohol?«, fragte der Prinz.

»Ja, in der Minibar muss was sein.«

Er schnappte sich hastig eine Flasche und fing wieder an zu trinken. Das Beste, was ich machen konnte, war, wieder zurück nach Hause zu fahren. Das, was ich im Urlaub hatte erreichen wollen, war mir gelungen. Ich hätte nie gedacht, dass er mir wirklich helfen würde den kleinen Prinzen aus meinem Kopf zu vertreiben. Doch jetzt hatte ich wieder, was ich wollte. Ich war nicht hier, um mich an den Strand zu legen und die Sonne zu genießen. Hier bei dem kleinen Prinzen zu bleiben, war auch keine gute Idee. Er wollte die ganze Zeit nur trinken und weinen. Darauf hatte ich keine Lust. Das Einzige, was ich ihm tun konnte, war, ihm mein Hotelzimmer samt Minibar zur Verfügung zu stellen. So hatte er zumindest genug zu trinken und einen bequemen Platz zum Schlafen.

Mit wenigen Worten verabschiedete ich mich von ihm, und er war nicht einmal überrascht. Er war scheinbar daran gewöhnt, verlassen zu werden. Ich holte meine Sachen und meinen Koffer, öffnete die Tür und warf einen letzten Blick auf den Prinzen. Er saß mit dem Rücken zu mir und spielte mit der Schreibtischlampe. Er schaltete sie, ohne Sinn und Verstand, immer wieder an und aus. Ich erinnerte mich an den Laternenanzünder. Ob er wohl heute noch seine Laterne anzündet und löscht?

TEIL 3

1 Bevor du urteilst ...

Als ich jedoch im Begriff war, das Hotelzimmer zu verlassen, stoppte der Prinz mich kurz und gab mir zum Abschied noch ein paar überraschend klare Worte mit auf dem Weg. Noch heute begleiten mich diese:

»Geld und Ansehen sind nicht das, was ich verloren habe. Ich habe mich selbst verloren. Was aus mir geworden ist, hat mit meinem alten Ich nichts zu tun. Ich kenne die Person, die ich heute bin, nicht mehr, aber das freut mich. Ich bin nicht mehr der verwöhnte Mensch, der ich mal war. Jetzt weiß ich, welche Qualen die Erwachsenen durchleben. Eben das bringt sie dazu, sich seltsam zu verhalten.

Damals habe ich sie merkwürdig gefunden. Doch das lag nur daran, dass ich nicht erlebt hatte, was sie durchlebt hatten. Überleben macht die Geschöpfe zu dem, was sie heute sind. Was einen Löwen zu einem Löwen gemacht hat, ist die Anpassung seines Verhaltens, um zu überleben. Genauso ist es bei den Menschen. Jeder weiß, dass uns der Tod am Ende des Lebensweges erwartet und ihm niemand entkommen kann. Trotzdem ist das Überleben eine Pflicht. Vielleicht denkt man, das Überleben sei ein Thema der alten

Zeiten wegen der damaligen schlechten Hygiene- und Ernährungssituation. Das stimmt aber nicht. Überleben ist nach wie vor aktuell, es hat nur seine Form geändert.

Alles, was wir tun, hat irgendwo etwas mit Überleben zu tun. Die Partnersuche, die Suche nach Aufmerksamkeit, die Integration in die Gesellschaft und alles andere sind Bausteine des Überlebens. Das Überleben selbst ist ein Weg, auf welchem du gute und schlechte Erfahrungen machen wirst. Erfahrungen, die dich und deinen Charakter formen werden. Du kannst es nicht aufhalten.

Das Leben ist wie ein Fluss. Entweder lernst du schwimmen oder die Strömung nimmt dich mit. Auf diesem Weg darfst du aber niemals vergessen, dass du mal ein Kind warst. Du wirst dich verändern, aber du musst jede Veränderung bemerken. Musst wissen, was sich an dir verändert hat. Nur so hast du die Chance, wieder dein altes Ich in dir zu finden.

Alle Erlebnisse und Erfahrungen sind flüchtig wie der Sonnenschein. Statt jeden Tag nur dazusitzen und den Stuhl zu verschieben, um den Sonnenuntergang zu beobachten, muss man aufstehen und etwas Neues erleben. Jeder versucht das Beste aus seinem Leben zu machen, aber ist dabei sehr vorsichtig. Ein kleiner Fehler kann alles ruinieren; dein Erfolg, deine Freiheit und alles andere hängt an einem seidenen Faden. Das Einzige, das ihn am Reißen hindern kann, ist die Erfahrung. Erfahrungen sammelt man nur, indem man erwachsen wird.

Diese ganze Geschichte hat mir gezeigt, dass ich noch kein Erwachsener bin. Um erwachsen zu sein, muss ich mich noch durch das Leben kämpfen. Ich treffe immer noch zu schnell Entscheidungen und vertraue den Menschen blind. Auf diese Weise kann ich nicht überleben. Um zu überleben, muss man erwachsen sein. Dabei hat Erwachsensein nichts mit dem Alter zu tun. Vielmehr ist es ein ständiger Lernprozess zum Erreichen eines inneren Gleichgewichts. Durch Lebenserfahrungen erlangen wir die Reife, überlegte Entscheidungen zu treffen, ohne dabei unsere Gefühle zu vernachlässigen.«